课文作家
经典作品系列

献你一束花

——冯骥才作品精选

冯骥才◎著

长江出版传媒 | 长江少年儿童出版社

冯骥才　摄

小鸟的影子就在这中间隐约闪动，看不完整，有时连笼子也看不出，却见它们可爱的鲜红小嘴儿从绿叶中伸出来。

——《珍珠鸟》

冯骥才　绘

在陡直而似乎没有尽头的山道上，一个穿红背心的挑山工给肩头的重物压弯了腰，却一步步、不声不响、坚韧地向上登攀。

——《挑山工》

冯骥才　绘

所有金色的叶子都是它的果实，一任秋风翻动，煌煌夸耀着秋天的富有。

——《秋天的音乐》

冯骥才　绘

透过这美妙的冰洞，我发现原来严冬的世界才是最明亮的。

——《冬日絮语》

目 录

第一辑

岁月絮语

珍 珠 鸟

真好！朋友送我一对珍珠鸟，放在一个简易的竹条编成的笼子里，笼内还有一卷干草，那是小鸟舒适又温暖的巢。

有人说，这是一种怕人的鸟。

我把鸟笼挂在窗前。那儿还有一盆异常茂盛的法国吊兰。我便用吊兰长长的、串生着小绿叶的垂蔓蒙盖在鸟笼上，它们就像躲进深幽的丛林一样安全；从中传出的笛儿般又细又亮的叫声，也就格外轻松自在了。

阳光从窗外射入，透过这里，吊兰那些无数指甲状的小叶，一半成了黑影，一半被照透，如同碧玉；斑斑驳驳，生意葱茏。小鸟的影子就在这中间隐约闪动，看不完整，有时连笼子也看不出，却见它们可爱的鲜红小嘴儿从绿叶中伸出来。

我很少扒开叶蔓瞧它们，它们便渐渐敢伸出小脑袋瞅瞅我。我们就这样一点点熟悉了。

三个月后，那一团愈发繁茂的绿蔓里边，发出一种尖细又娇嫩的鸣叫。我猜到，是它们有了雏儿。我呢？决不掀开叶片往里看，连添食加水时也不睁大好奇的眼去惊动它们。过不多久，忽然有一个小脑袋从叶间探出来。更小哟，雏儿！正是这个小家伙！

它小，就能轻易地由疏格的笼子钻出身。瞧，多么像它的母亲：红嘴红脚，灰蓝色的毛，只是后背还没有生出珍珠似的圆圆的白点。它好肥，整个身子好像一个蓬松的球儿。

起先，这小家伙只在笼子四周活动，随后就在屋里飞来飞去，一会儿落在柜顶上，一会儿神气十足地站在书架上，啄着书背上那些大文豪的名字，一会儿把灯绳撞得来回摇动，跟着跳到画框上去了。只要大鸟在笼里生气地叫一声，它立即飞回笼里去。

我不管它。这样久了，打开窗子，它最多只在窗框上站一会儿，决不飞出去。

渐渐它胆子大了，就落在我书桌上。

它先是离我较远，见我不去伤害它，便一点点挨近，然后蹦到我的杯子上，俯下头来喝茶，再偏过脸瞧瞧我的反应。

我只是微微一笑，依旧写东西，它就放开胆子跑到稿纸上，绕着我的笔尖蹦来蹦去；跳动的小红爪子在纸上发出嚓嚓响。

我不动声色地写，默默享受着这小家伙亲近的情意。这样，它完全放心了，索性用那涂了蜡似的、角质的小红嘴，“嗒嗒”啄着我颤动的笔尖。我用手抚一抚它细腻的绒毛，它也不怕，反而友好地啄两下我的手指。

有一次，它居然跳进我的空茶杯里，隔着透明光亮的玻璃瞅我。它不怕我突然把杯口捂住。是的，我不会。

白天，它这样淘气地陪伴我；天色入暮，它就在父母的再三呼唤声中，飞向笼子，扭动滚圆的身子，挤开那些绿叶钻进去。

有一天，我伏案写作时，它居然落到我的肩上。我手中的笔不觉停了，生怕惊跑它。待一会儿，扭头看，这小家伙竟趴在我的肩头睡着了，银灰色的眼睑盖住眸子，小红脚刚好给胸脯上长长的绒毛盖住。我轻轻抬一抬肩，它没醒，睡得好熟！还咂咂嘴，难道在做梦？

我笔尖一动，流泻下一时的感受：

信赖，往往创造出美好的境界。

捅马蜂窝

爷爷的后院虽小，它除去堆放杂物，很少人去，里边的花木从不修剪，快长疯了！枝叶纠缠，荫影深浓，却是鸟儿、蝶儿、虫儿们生存和嬉戏的一片乐土，也是我儿时的乐园。我喜欢从那爬满青苔的湿漉漉的大树干上，取下一只又轻又薄的蝉衣，从土里挖出筷子粗肥大的蚯蚓，把团团飞舞的小蜢虫赶到蜘蛛网上去。那沉甸甸压弯枝条的海棠果，个个都比市场买来的大。这里，最壮观的要数爷爷窗檐下的马蜂窝了，好像倒垂的一只大莲蓬，无数金黄色的马蜂爬进爬出，飞来飞去，不知忙些什么，大概总有百十只之多，以致爷爷不敢开窗子，怕它们中间哪个冒失鬼一头闯进屋来。

“真该死，屋子连透透气儿也不能，哪天请人来把这马蜂窝捅下来！”奶奶总为这个马蜂窝生气。

“不行，要蜇死人的！”爷爷说。

“怎么不行？头上蒙块布，拿竹竿一捅就下来。”奶奶反驳道。

“捅不得，捅不得。”爷爷连连摇手。

我站在一旁，心里却涌出一种捅马蜂窝的强烈欲望。那多有趣！当我给这个淘气的欲望鼓动得难以抑制时，就找来妹妹，乘着爷爷午睡的当儿，悄悄溜到从走廊通往后院的小门口。我脱下褂子蒙住头顶，用扣上衣扣儿的前襟遮盖下半张脸，只露一双眼。又把两根竹竿接绑起来，作为捣毁马蜂窝的武器。我和妹妹约定好，她躲在门里，把住关口，待我捅下马蜂窝，赶紧开门放我进来，然后把门关住。

妹妹躲在门缝后边，眼瞧我这非凡而冒险的行动。我开始有些迟疑，最后还是好奇战胜了胆怯。当我的竿头触到蜂窝的一刹那，好像听到爷爷在屋内呼叫，但我已经顾不得别的，一些受惊的马蜂轰地飞起来，我赶紧用竿头顶住蜂窝使劲地摇撼两下，只听“嗵”，一个沉甸甸的东西掉下来，跟着一团黄色的飞虫腾空而起，我扔掉竿子往小门那边跑，谁料到妹妹害怕，把门在里边插上，她跑了，将我关在门外。我一回头，只见一只马蜂径直而凶猛地朝我扑来，好像一架燃料耗尽、决心相撞的战斗机。这复仇者不顾一死而拼死的气势使我惊呆了。瞬间只觉眉心像被针扎似的剧烈地一疼，挨蜇了！我下意识地用手一拍，感觉我的掌心触到它可怕的身体。我吓得大叫，不知道谁开门把我拖到屋里。

当夜，我发了高烧。眉心处肿起一个枣大的疙瘩，自己都能用眼瞧见。家里人轮番用醋、酒、黄酱、万金油和凉手巾把儿，也没能使我那肿疮迅速消下来。转天请来医生，打针吃药，七八天后才渐渐复愈。这一下好不轻呢！我生病也没有过这么长时间，以致消肿后的几天里不敢到那通向后院的小走廊上去，生怕那些马蜂还守在小门口等着我。

过了些天，惊恐稍定，我去爷爷的屋子，他不在，隔窗看见他站在当院里，摆手召唤我去，我大着胆子去了。爷爷手指窗根处叫我看，原来是我捅掉的那个马蜂窝，却一只马蜂也不见了，好像一只被丢弃的干枯的大莲蓬头。爷爷又指了指我的脚下，一只马蜂！我惊吓得差点叫起来，慌忙跳开。

“怕什么，它早死了！”爷爷说，“这就是蜇你的那只马蜂，可能被你那一拍，拍死的。”

仔细瞧，噢，原来是死的。仰面朝天躺在地上，几只黑蚂蚁在它身上爬来爬去。

“马蜂就是这样，你不惹它，它不蜇你。”爷爷说。

“那它干吗还要蜇我呢，这样它自己不也完了吗？”

“你毁了它的家——那是多大一个家呀！ 它当然要跟你拼命的！”爷爷说。

我听了心里暗暗吃惊。一只小虫竟有这样的激情和勇气。低头再瞧瞧那只马蜂，微风吹着它，轻轻颤动，好似活了一般。我不禁想起那天它朝我猛扑过来时那副生死不顾的架势，与毁坏它们生活的人拼出一切，真像一个英雄……我面对这壮烈牺牲的小飞虫的尸体，似乎有种罪孽感沉重地压在我的心上。

那一窝马蜂呢，被我扰得无家可归的一群呢，它们还会不会回来重建家园？ 我甚至想用胶水把那只空空的蜂窝粘上去。

这一年，我经常站在爷爷的后院里，始终没有等来一只马蜂。

转年开春，有两只马蜂飞到爷爷的窗檐下，落到被晒暖的木窗框上，然后还在过去的旧巢的残迹上爬了一阵子，跟着飞去而不再来。空空又是一年。

第三年，风和日丽之时，爷爷忽叫我抬头看，隔着窗玻璃看见窗檐下几只赤黄色的马蜂忙来忙去。在这中间，我忽然看到，一个小巧的、银灰色的、第一间蜂窝已经筑成了。

于是，我和爷爷面对面开颜而笑，笑得十分舒心。我不由得暗暗告诉自己，再不做一件伤害旁人的事。

花　　脸 

做孩子的时候，盼过年的心情比大人来得迫切，吃穿玩乐花样都多，还可以把拜年来的亲友塞到手心里的一小红包压岁钱都积攒起来，做个小富翁。但对于孩子们来说，过年的魅力还有更一层深在的缘故，便是我要写在这几张纸上的。

每逢年至，小闺女们闹着戴绒花、穿红袄、嘴巴涂上浓浓的胭脂团儿；男孩子们的兴趣都在鞭炮上，我则不然，最喜欢的是买个花脸戴。这是种纸浆轧制成的面具，用掺胶的彩粉画上戏里边那些有名有姓、威风十足的大花脸。后边拴根橡皮条，往头上一套，自己俨然就变成那员虎将了。这花脸是依脸型轧的，眼睛处挖两个孔，可以从里边往外看。但鼻子和嘴的地方不通气儿，一戴上，好闷，还有股臭胶和纸浆的味儿；说出话来，声音变得低粗，却有大将威武不凡的气概，神气得很。

一年年根，舅舅带我去娘娘宫前年货集市上买花脸。过年时人都分外有劲，挤在人群里好费力，终于从挂满在一条横竿上的花花绿绿几十种花脸中，惊喜地发现一个。这花脸好大，好特别！ 通面赤红，一双墨眉，眼角雄俊地吊起，头上边凸起一块绿包头，长巾贴脸垂下，脸下边是用马尾做的很长的胡须。这花脸与那些愣头愣脑、傻头傻脑、神头鬼脸的都不一样。虽然毫不凶恶，却有股子凛然不可侵犯的庄重之气，咄咄逼人。叫我看得直缩脖子，要是把它戴在脸上，管叫别人也吓得缩脖子。我竟不敢用手指它，只是朝它扬扬下巴，说：“我要那个大红脸！”

卖花脸的小罗锅儿，举竿儿挑下这花脸给我，龇着黄牙笑嘻嘻说：“还是这小少爷有眼力，要做关老爷！ 关老爷还得拿把青龙偃月刀呢！ 我给您挑把顶精神的！”说着从戳在地上的一捆刀枪里，抽出一柄最漂亮的大刀给我。大红漆杆，金黄刀面，刀面上嵌着几块闪闪发光的小镜片，中间画一条碧绿的小龙，还拴一朵红缨子。这刀！ 这花脸！ 没想到一下得到两件宝贝。我高兴得只是笑，话都说不出。舅舅付了钱，坐三轮车回家时，我就戴着花脸，倚着舅舅的大棉袍执刀而立，一路引来不少人瞧我，特别是那些与我般般大的男孩子们投来艳羡的目光时，使我快活之极。舅舅给我讲了许多关公的故事，过五关、斩六将，温酒斩华雄，边讲边说："你好英雄呀！"好像在说我的光荣史。当他告诉我这把青龙偃月刀重八十斤，我简直觉得自己力大无穷。舅舅还教我用京剧自报家门的腔调说：

"我——姓关，名羽，字云长。"

到家，人人见人人夸，妈妈似乎比我更高兴。连总是厉害地板着脸的爸爸也含笑称我"小关公"。我推开人们，跑到穿衣镜前，横刀立马地一照，呀，哪里是小关公，我是大关公哪！

这样，整个大年三十我一直戴着花脸，谁说都不肯摘，睡觉时也戴着它，还是睡着后我妈妈轻轻摘下放在我枕边的，转天醒来头件事便是马上戴上，恢复我这"关老爷"的本来面貌。

大年初一，客人们陆陆续续来拜年，妈妈喊我去，好叫客人们见识见识我这关老爷。我手握大刀，摇晃着肩膀，威风地走进客厅，憋足嗓门叫道："我——姓关，名羽，字云长。"

客人们哄堂大笑，都说："好个关老爷，有你守家，保管大鬼小鬼进不来！"

我愈发神气，大刀呼呼抡两圈，摆个张牙舞爪的架势，逗得客人们笑个不停。只要客人来，妈妈就喊我出场表演。妈妈还给我换上只有三十夜拜祖宗时才能穿的那件青缎金花的小袍子。我成了全家过年的主角。连爸爸对我也另眼看待了。

我下楼一向不走楼梯。我家楼梯扶手是整根的光亮的圆木。下楼时便一条腿跨上去，哧溜一下滑到底。这时我就故意躲在楼上，等客人来时突然由天而降，叫他们惊奇，效果会更响亮！

初一下午，来客进入客厅，妈妈一喊我，我跨上楼梯扶手飞骑而下，呜呀呀大叫一声闯进客厅，大刀上下一抡，谁知用力过猛，脚底没根，身子栽出去，“叭”的一声巨响，大刀正砍在花架上一尊插桃枝的大瓷瓶上，哗啦啦粉粉碎，只见瓷片、桃枝和瓶里的水飞向满屋，一个瓷片从二姑脸旁飞过，险些擦上了；屋内如淋急雨，所有人穿的新衣裳都是水渍；再看爸爸，他像老虎一样直望着我，哎哟，一根开花的小桃枝迎面飞去，正插在他梳得油光光的头发里。后来才知道被我打碎的是一尊祖传的乾隆官窑百蝶瓶，这简直是死罪！我坐在地上吓傻了，等候爸爸上来一顿狠狠的揪打。妈妈的神气好像比我更紧张，她一下抓不着办法救我，瞪大眼睛等待爸爸的爆发。

就在这生死关头，二姑忽然破颜而笑，拍着一双雪白的手说道：

“好呵，好呵，今年大吉大利，岁(碎)岁(碎)平安呀！哎，关老爷，干吗傻坐在地上，快起来，二姑还要看你耍大刀哪！”

谁知二姑这是使什么法术，绷紧的气势霎时就松开了。另一位姨婆马上应和说：“旧的不去，新的不来，不除旧，不迎新。您等着瞧吧，今年非抱个大金娃娃不成，是吧！”她满脸欢笑朝我爸爸说，叫他应声。其他客人也一拥而上，说吉祥话，哄爸爸乐。

这些话平时根本压不住爸爸的火气，此刻竟有神奇的效力，迫使他不乐也得乐。过年乐，没灾祸。爸爸只得嘿嘿两声，点头说：

“呵，好、好、好……”

尽管他脸上的笑纹明显含着被克制的怒意，我却奇迹般地因此逃脱开一次严惩。妈妈对我丢了眼色，我立刻爬起来，拖着大刀，狼狈而逃。身后还响着客人们着意的拍手声、叫好声和笑声。

往后几天里，再有拜年的客人来，妈妈不再喊我，节目被取消了。我躲在自己屋里很少露面，那把大刀也掖在床底下，只是花脸依旧戴着，大概躲在这硬纸后边再碰到爸爸时有种安全感。每每从眼孔里望见爸爸那张阴沉含怒的脸，不再觉得自己是关老爷，而是个可怜虫了！

过了正月十五，大年就算过去了。我因为和妹妹争吃撤下来的祭灶用的糖瓜，被爸爸抓着腰提起来，按在床上死揍了一顿。我心里清楚，他是把打碎花瓶的罪过加在这件事上一起清算，因为他盛怒时，向我要来那把惹祸的大刀，用力折成段，大花脸也撕成碎片片。

从这事，我悟到一个祖传的概念：一年之中唯有过年这几天是孩子们的自由日，在这几天里无论怎样放胆去闹，也不会立刻得到惩罚。这便是所有孩子都盼望过年深在的缘故。当然那被撕碎的花脸也提醒我，在这有限的自由里可得勒着点自己，当心事后加倍地算账。

歪　　儿

那个暑假，天刚擦黑，晚饭吃了一半，我的心就飞出去了。因为我又听到歪儿那尖细的召唤声：“来玩踢罐电报呀——”

“踢罐电报”是那时男孩子们最喜欢的游戏。它不单需要快速、机敏，还带着挺刺激的冒险滋味。它的玩法又简单易学，谁都可以参加。先是在街中央用白粉粗粗画一个圈儿，将一个空洋铁罐儿摆在圈里，然后大家聚拢一起“手心手背”分批淘汰，最后剩下一个人坐庄。坐庄可不易，他必须极快地把伙伴们踢得远远的罐儿拾回来，放到原处，再去捉住一个乘机躲藏的孩子顶替他，才能下庄；可是就在他四处去捉住那些藏身的孩子时，冷不防从什么地方会蹿出一人，“叭”地将罐儿丁零当啷踢得老远，倒霉，又得重新开始……一边要捉人，一边还得防备罐儿再次被踢跑，这真是个苦差事，然而最苦的还要算是歪儿！

歪儿站在街中央，寻着空铁罐左盼右盼，活像一个蒸熟了的小红薯。他细小，软绵绵，歪歪扭扭；眼睛总像睁不开，薄薄的嘴唇有点斜，更奇怪的是他的耳朵，明显的一大一小，像是父子俩。他母亲是苏州人，四十岁才生下这个有点畸形的儿子，取名叫“弯儿”。我们天天都能听到她用苏州腔呼唤儿子的声音，却把“弯儿”错听成“歪儿”。也许这“歪儿”更像他的模样。由于他身子歪，跑起来就打斜，玩踢罐电报便十分吃亏。可是他太热爱这种游戏了，他宁愿坐庄，宁愿徒自奔跑，宁愿一直累得跌跌撞撞……大家玩的罐儿还是他家的呢！

只有他家才有这装芦笋的长长的铁罐，立在地上很得踢，如果没有这宝贝罐儿，说不定大家嫌他累赘，不带他玩了呢！

我家刚搬到这条街上来，我就加入了踢罐电报的行列，很快成了佼佼者。这游戏简直就是为我发明的——我的个子比同龄的孩子高一头，腿也几乎长一截，跑起来真像骑摩托送电报的邮差那样风驰电掣，谁也甭想逃脱我的追逐。尤其我踢罐儿那一脚，“叭”的一声过后，只能在远处朦胧的暮色里去听它丁零当啷的声音了，要找到它可费点劲呢！这时，最让大家兴奋的是瞅着歪儿去追罐儿那样子，他一忽儿斜向左，一忽儿斜向右，像个脱了轨而瞎撞的破车，逗得大家捂着肚子笑。当歪儿正要发现一个藏身的孩子时，我又会闪电般冒出来，一脚把罐儿踢到视线之外，可笑的场面便再次出现……就这样，我成了当然的英雄，得意非凡；歪儿怕我，见到我总是一脸懊丧。天天黄昏，这条小街上充满着我的迅猛威风和歪儿的疲于奔命。终于有一天，歪儿一屁股坐在白粉圈里，怏怏无奈地痛哭不止……他妈妈跑出来，操着纯粹的苏州腔朝他叫着骂着，扯他胳膊回家。这愤怒的声音里似乎含着对我们的谴责。我们都感觉自己做了什么不好的事，默默站了一会儿才散。

歪儿不来玩踢罐电报了。他不来，罐儿自然也变了，我从家里拿来一种装草莓酱的小铁罐，短粗，又轻，不但踢不远，有时还踢不上，游戏的快乐便减色许多。那么失去快乐的歪儿呢？我望着他家二楼那扇黑黑的玻璃窗，心想他正在窗后边眼巴巴瞧着我们玩吧！这时忽见窗子一点点开启，跟着一个东西扔下来。这东西掉在地上的声音那么熟悉、那么悦耳、那么刺激，原来正是歪儿那长长的罐儿。我的心头一次感到被一种内疚深深地刺痛了。我迫不及待地朝他招手，叫他来玩儿。

歪儿回到了我们中间。

一切都奇妙又美好地发生了变化。大家并没有商定什么，却不约而同、齐心合力地等待着这位小伙伴了。大家尽力不叫他坐庄；有时他“手心手背”输了，也很快有人情愿被他捉住，好顶替他。大家相互配合，心领神会，作假成真。一次，我看见歪儿躲在一棵大槐树后边正要被发现，便飞身上去，一脚把罐儿踢得好远好远，解救了歪儿，又过去拉着他，急忙藏进一家院内的杂物堆里。我们俩蜷缩在一张破桌案下边，紧紧挤在一起，屏住呼吸，却互相能感到对方的胸脯急促起伏，这紧张充满异常的快乐啊！我忽然见他那双眯缝的小眼睛竟然睁得很大，目光兴奋、亲热、满足，并像晨星一样光亮！原来他有这样一双又美又动人的眼睛。是不是每个人都有这样一双眼睛，就看我们能不能把它点亮。

小雨入端午 

今日进入端午假日，醒来很早，起身坐在我的“心居”，身闲气舒意定神足。我这心居，不是斋号，乃是在阳台一角搭个棚屋，屋里屋外栽些花草藤蔓，屋间放置老家的绿茶、好吃的零食、有弹性的藤椅和心爱的木狮铁佛陶罐石砚等。这是一己的私人角落。平日在外边跑累了，回来坐在这里聚聚气力，抑或有什么未了的思考，便到这里舒展一下脑袋里的翅膀。

今日，我特意在那个木雕花架上挂了几件艳丽五彩的小物件——丝线粽子。这种端午特有的吉祥小品，给花架上青翠又蓬松的蜈蚣草一衬，端午的气息油然而生。其实，过这种古老的节日，不必太刻意表达什么深刻的精神内涵，随性而自然地享受一下传统情味就是了。

小雨从昨晚就来到我的城市里，此刻依旧未走。雨太小，看不到零零落落的雨点，却见屋外边绿叶被雨点敲得一动一动。

眼瞧着这优美地悬垂着的丝线粽子，悠悠地想起一件相关的老事：

念小学的时候，每逢端午佳节，都是班上同学们缠丝线粽子的一次热潮。大家先用硬纸叠成小小的粽子壳，然后使五彩丝线一道道缠起来，缠的过程中不断改变颜色，最后缠成一个个五彩纷呈却各不相同的小粽子来。这原本是课堂上老师教的一种节日手工，由于大家喜爱，课间休息时也缠，下课后不回家还缠。丝线粽子最大的魅力是，颜色完全任由自己搭配，所以每个人都想缠出一个特别又好看的丝线粽子，向别人显摆。于是，弄得教室满地都是彩色线头，做卫生可就费劲了，那些花花绿绿的小线头一扫全绕在扫帚上，得使好大劲才能摘干净。

缠粽子的丝线都是同学们从家里带来的。那时代母亲们在家都做针线，各色丝线家家都有，关键看谁配色好，想法出奇。

我的班上有一个女生，叫徐又芳——那时的孩子名字都是三个字，大概与家族的字辈有关。记得她个子高，短发，衣着很旧，据说她家里穷，家里没有好看的丝线，就从地上拾别人扔的线头来缠；可是她心细手巧，虽然拾的线头很短，但缠出的粽子反而色彩十分复杂和丰富，斑斓又精细，超过了所有的人。我向她借一个拿回家给母亲看，母亲也连连称赞说，这种缠法要每缠一道线换一个颜色，太难了。我说她的线都很短，只能缠一道，因为她的线是从地上拾的。母亲说：这孩子太可怜了，便用一个木线轴缠了各色的丝线，叫我带给她。

要命的是那时我太不懂事。丰子恺说："孩子的目光是直线的。"其实孩子的一切都是直线的。转天我到班上，把线轴给她，真心对她说："我母亲说你太可怜了，叫我把这线给你。"

我以为她会高兴，谁料她脸色立刻变得很不好看，只说一句："我不要！"似乎很生气，转身就走，从此便不大搭理我了，一直到小学毕业各自东西，以后再没有见到她。这个带着对我的误解却无法接受我歉意的女孩如今在哪里？

我当时不明白她何以会那样气愤，后来明白了：

别人的自尊是决不能伤害的。

哪怕是不经意的伤害。伤人自尊，那会是一种很深的伤害。

这事过了差不多六十年。虽然平时不会记起，但每逢端午悬挂丝线粽子时都会想起来。原来它深深地记在我的端午的情结里，一年一度提醒着我。

写到此处，小雨似停，天光渐明，外边的朱花碧草像洗过澡一样鲜亮。

空 信 箱

我的信箱挂在大门上，门板掏个长形的洞，信打外边塞进来。只要听邮递员“叮叮”一拨车铃，马上跑去打开，一封信悄然沉静立在箱子里。天蓝色的信封像一块天空，牛皮纸褐色的信封像一片泥板，沉甸甸。扯开信时的心情总是急渴渴，不知里边装着是意外是倾诉是愁苦是体贴是欢愉是求助，或是火一样的恋情烟一样的思绪带子一样扯不断的思念。天南地北海角天涯朋友们的行踪消息全靠它了。

有时等信等得好苦，一天几次去打开它，总以为错过邮递员的铃，打开却是空的。我最怕它空空洞洞冷冷清清的样子。我的院墙高，门也高，阳光跨不进来，外边世界的兴衰枯荣常常由它告诉我；打开信箱，里边有时几团柳絮几片落花几个干卷的叶子，还有洁白的雪深暗的雨点。它们是从投信孔钻进来的。有时随着开门的气流，几朵蒲公英的种子“噗”地毛茸茸地扑在脸上，然后飘飘摇摇飞升，在高高的阳光里闪着，有如银羽，目光便随它投向淡淡的天，亮的云。春天也到达我塞外朋友那里了吧，我陷入一片温馨的痴想……

它是拿几块木板草草钉上的，没涂漆，日晒雨淋，到处开裂，但没有任何箱子比它盛得更多。

它是我生活的一部分，也就是我心的一部分。

用心生活是累人的，但唯此才幸福。

大灾难把我这部分扯去。信箱的门儿叫一个无知的孩子掰掉。箱子的四边像个方木框残留在那里。一连几个月等不到邮递员铃的召唤，朋友们的命运都会碰到什么？

我这才懂得，心不相连人极远。

它空在那儿，似乎比我还空。

可是……奇迹出现了。一天天暮，夕阳打投信孔照进来。我院子头一次有阳光。先是在长条形洞孔迷蒙灿烂地流连一会儿，便落到墙角、向例最暗最潮最阴冷的地方，把满地青苔照得鲜碧如洗，俯下身看，好像一片清晰雨后的草原，极美。随后这光就沿着墙根一条砖一条砖往上爬，直爬到第五条砖，停住，几只蚂蚁也停在那里默默享受这世界最后的暖意和光明。不知不觉这光变得渐细渐淡直到无声无息地熄灭。整个信箱变成一块方形的黑影。盯着它看，就会一直走进空无一物的宇宙。

蜘蛛开始在信箱里拉网了，上下左右，横来斜去，它们何以这样放胆在这儿安家？天一凉，秋叶钻进来，落在蛛网上。金色的船，银色的渔网，一层网一层船，原来寂寞也会创造诗。诗人从来不会创造寂寞。

忽然一天，“叮叮”，我心一亮，邮递员，信！

跑出去，远远就见白白的一封信稳稳竖在箱中。过去一捏，厚厚的，千言万语，一个几次梦到的朋友寄来的。一拿，却有股微微的力往回扯，是黏黏带点韧劲的蛛丝。再拉，蛛丝没断却拉得又长又直，极亮，还微微抖颤，上边船形的黄叶子全在一斜一直、一直一斜来回扭动，一如五线谱上甜蜜的旋律，无声地响起来……

昨夜我忽然梦到这许久以前的情景，一条条长长亮闪闪的蛛丝，来回扭动的黄叶子，我梦得好逼真，连拉蛛丝时那股子韧劲都感觉到了。心里有点奇怪，可我断言这是我有生以来最美的一个梦境。

第二辑

人生随想

献你一束花

鲜花，理应呈送给凯旋的英雄。难道献给这暗淡无光的失败者？

她一直垂着头。前四天，她从平衡木上打着旋儿跌在垫子上时，就把这美丽而神气的头垂下来。现在她回国了，走入首都机场的大厅，简直要把脑袋藏进领口里去。她怕见前来欢迎的人们，怕记者问什么，怕姐姐和姐夫来迎接她，甚至怕见到机场那个热情的女服务员——她的崇拜者，每次出国经过这里时，都跑来帮着她提包儿……有什么脸见人，大败而归！

这次世界性比赛，她完全有把握登上平衡木和高低杠“女王”的宝座，国内外的行家都这么估计，但她的表演把这些希望的灯全都关上了。

两年前，她第一次出国参加比赛，夹在许多名扬海外的姑娘们中间，不受人注意，心里反而没负担，出人意料拿了两项冠军。回国时，就在这机场大厅里，她受到空前热烈的迎接。许多只手朝她伸来，许多摄影机镜头对准她。一个戴眼镜的记者死死纠缠着问："你最喜欢什么？"她不知如何作答，抬眼看见一束花，便说："花！"于是就有几十束花朝她塞来，多得抱不住。两年来多次出国比赛，她胸前挂着一个又一个亮晃晃的奖牌回来，迎接她的是笑脸、花和摄影机雪亮的闪光。是不是这就加重了她的思想负担？愈赢愈怕赢，成绩的包袱比失败的包袱更重。精神可以克服肉体的痛苦，肉体却无法摆脱开精神的压力。这次她在平衡木上稍稍感觉自己有些不稳，内心立刻变得慌乱而不能自制。她失败了，并且跟着在下面其他项目的比赛中一塌糊涂地垮下来……

本来她怕见人，走在队伍最后，可是当她发现很少有人招呼她，摄影记者也好像有意避开她时，她感到冷落，加重了心中的沮丧和愧疚，纵使她有回天之力，一时也难补偿，她茫然了。是啊，谁愿意与失败者站在一起。

忽然她发现一双脚停在她眼前。谁？她一点点向上看：深蓝色的服装，长长的腿，铜衣扣，无檐帽下一张洁白娴静的脸儿。原来是机场那女服务员，正背着双手，含笑对她说："我在电视里看见了你们比赛，知道你今天回来，特意来迎接你。"

"我真糟！"她赶紧垂下头。

"不，你同样用尽汗水和力量。"

"我是失败者。"

"谁都不能避免失败。我相信，失败和胜利对于你同样重要。让失败属于过去，胜利才属于未来。"女服务员的声音柔和又肯定。

她听了这话，重新抬起头来。只见女服务员把背在身后的手向前一伸，一大束五彩缤纷的花捧到她的面前。浓郁的香气竟化作一股奇异的力量注入她的身体。她顿时热泪满面。

怎么？花，理应呈送给凯旋的英雄，难道也要献给这暗淡无光的失败者？

白　　发 

人生入秋，便开始被友人指着脑袋说：

“呀，你怎么也有白发了？”

听罢笑而不答。偶尔笑答一句：“因为头发里的色素都跑到稿纸上去了。”

就这样，嘻嘻哈哈、糊里糊涂地翻过了生命的山脊，开始渐渐下坡来。或者再努力，往上登一登。

对镜看白发，有时也会认真起来：这白发中的第一根是何时出现的？为了什么？思绪往往会超越时空，一下子回到了少年时——那次同母亲聊天，母亲背窗而坐，窗子敞着，微风无声地轻轻掀动母亲的头发，忽见母亲的一根头发被吹立起来，在夕照里竟然银亮银亮，是一根白发！这根细细的白发在风里柔弱摇曳，却不肯倒下，好似对我召唤。我第一次看见母亲的白发，第一次强烈地感受到母亲也会老，这是多可怕的事啊！我禁不住过去扑在母亲怀里。母亲不知出了什么事，问我，用力想托我起来，我却紧紧抱住母亲，好似生怕她离去……事后，我一直没有告诉母亲这究竟为了什么。最浓烈的感情难以表达出来，最脆弱的感情只能珍藏在自己心里。如今，母亲已是满头白发，但初见她白发的感受却深刻难忘。那种人生感，那种凄然，那种无可奈何，正像我们无法把地上的落叶抛回树枝上去……

当妻子把一小酒盅染发剂和一支扁头油画笔拿到我面前，叫我帮她染发，我心里一动，怎么，我们这一代生命的森林也开始落叶了？我瞥一眼她的头发，笑道："不过两三根白头发，也要这样小题大做？"可是待我用手指撩开她的头发，我惊讶了，在这黑黑的头发里怎么会埋藏这么多的白发！我竟如此粗心大意，至今才发现才看到。也正是由于这样多的白发，才迫使她动用这遮掩青春衰退的颜色。可是她明明一头乌黑而清香的秀发呀，究竟怎样一根根悄悄变白的？是在我不停歇的忙忙碌碌中、侃侃而谈中，还是在不舍昼夜的埋头写作中？是那些年在大地震后寄人篱下的茹苦含辛的生活所致？是为了我那次重病内心焦虑而催白的？还是那件事……几乎伤透了她的心，一夜间骤然生出这么多白发？

黑发如同绿草，白发犹如枯草；黑发像绿草那样散发着生命诱人的气息，白发却像枯草那样晃动着刺目的、凄凉的、枯竭的颜色。我怎样做才能还给她一如当年那一头美丽的黑发？我急于把她所有变白的头发染黑。她却说：

“你是不是把染发剂滴在我头顶上了？”

我一怔，赶忙用眼皮噙住泪水，不叫它再滴落下来。

一次，我把剩下的染发剂交给她，请她也给我的头发染一染。这一染，居然年轻许多！谁说时光难返，谁说青春难再，就这样我也加入了用染发剂追回岁月的行列。谁知染发是件愈来愈艰难的事情。不仅日日增多的白发需要加工，而且这时才知道，白发并不是由黑发变的，它们是从走向衰老的生命深处滋生出来的。当染过的头发看上去一片乌黑青黛，它们的根部又齐刷刷冒出一茬雪白。任你怎样去染，去遮盖，它还是茬茬涌现。人生的秋天和大自然的春天一样顽强。挡不住的白发啊！

开始时精心细染，不肯漏掉一根。但事情忙起来，没有闲暇染发，只好任由它花白。染又麻烦，不染难看，渐而成了负担。

这日，邻家一位老者来访。这老者阅历深，博学，又健朗，鹤发童颜，很有神采。他进屋，正坐在阳光里。一个画面令我震惊——他不单头发通白，连胡须眉毛也一概全白；在强光的照耀下，蓬松柔和，光明透澈，亮如银丝，竟没有一根灰黑色，真是美极了！我禁不住说，将来我也修炼出您这一头漂亮潇洒的白发就好了，现在的我，染和不染，成了两难。老者听了，朗声大笑，然后对我说：

“小老弟，你挺明白的人，怎么在白发面前糊涂了？孩童有稚嫩的美，青年有健旺的美，你有中年成熟的美，我有老来冲淡自如的美。这就像大自然的四季——春天葱茏，夏天繁盛，秋天斑斓，冬天纯净。各有各的美感，各有各的优势，谁也不必羡慕谁，更不能模仿谁，模仿必累，勉强更累。人的事，生而尽其动，死而尽其静。听其自然，对！所谓听其自然，就是到什么季节享受什么季节。哎，我这话不知对你有没有用，小老弟？”

我听罢，顿觉地阔天宽，心情快活。摆一摆脑袋，头上花发来回一晃，宛如摇动一片秋光中的芦花。

日　　历

我喜欢用日历，不用月历。为什么？

厚厚一本日历是整整一年的日子。每扯下一页，它新的一页——光亮而开阔的一天便笑嘻嘻地等着我去填满。我喜欢日历每一页后边的“明天”的未知，还隐含着一种希望。“明天”乃是人生中最富魅力的字眼儿。生命的定义就是拥有明天。它不像“未来”那么过于遥远与空洞。它就守候在门外，走出了今天便进入了全新的明天。白天和黑夜的界线是灯光；明天与今天的界线还是灯光。每一个明天都是从灯光熄灭时开始的。那么明天会怎样呢？当然，多半还要看你自己的。你快乐它就是快乐的一天，你无聊它就是无聊的一天，你匆忙它就是匆忙的一天；如果你静下心来就会发现，你不能改变昨天，但你可以决定明天。有时看起来你很被动，你被生活所选择，其实你也在选择生活，是不是？

每年元月元日，我都把一本新日历挂在墙上。随手一翻，光溜溜的纸页花花绿绿滑过手心，散发着油墨的芬芳。这一刹那我心头十分快活。我居然有这么大把大把的日子！我可以做多少事情！前边的日子就像一个个空间，生机勃勃，宽阔无边，迎面而来。我发现时间也是一种空间。历史不是一种空间吗？人的一生不是一个漫长又巨大的空间吗？一个个“明天”，不就像是一间间空屋子吗？那就要看你把什么东西搬进来。可是，时间的空间是无形的，触摸不到的。凡是使用过的日子，立即就会消失，抓也抓不住，而且了无痕迹。也许正是这样，我们便会感受到岁月的匆匆与虚无。

有一次，一位很著名的表演艺术家对我讲她和她的丈夫的一件事。她唱戏，丈夫拉弦。他们很敬业。天天忙着上妆上台，下台下妆，谁也顾不上认真看对方一眼，几十年就这样过去了。一天老伴忽然惊讶地对她说：“哎哟，你怎么老了呢！你什么时候才老的呀？我一直都在你身边怎么也没发现哪！”她受不了老伴脸上那种伤感的神情。她就去做了美容，除了皱，还除去眼袋。但老伴一看，竟然流下泪来。时针是从来不会逆转的。倒行逆施的只有人类自己的社会与历史。

于是，光阴岁月，就像一阵阵呼呼的风或是闪闪烁烁的流光；它最终留给你的只有是无奈而频生的白发和消耗中日见衰弱的身躯。为此，你每扯去一页用过的日历时，是不是觉得有点像扯掉一个生命的页码？

我不能天天都从容地扯下一页。特别是忙碌起来，或者从什么地方开会、活动、考察、访问归来，看见几页或十几页过往的日子挂在那里，黯淡、沉寂和没用；被时间掀过的日历好似废纸。可是当我把这一叠用过的日子扯下来，往往不忍丢掉，而把它们塞在书架的缝隙或夹在画册中间。就像从地上拾起的落叶。它们是我生命的落叶！

别忘了，我们的每一天都曾经生活在这一页一页的日历上。

记得一九七六年唐山大地震那天，我住在长沙路思治里十二号那个顶层上的亭子间被彻底摇散，震毁。我一家三口像老鼠那样找一个洞爬了出来。当我双腿血淋淋地站在洞外，那感觉真像从死神的指缝里侥幸地逃脱出来。转过两天，我向朋友借了一架方形铁盒子般的海鸥牌相机，爬上我那座狼咬狗啃废墟般的破楼，钻进我的房间——实际上已经没有屋顶。我将自己命运所遭遇的惨状拍摄下来，我要记下这一切。我清楚地知道这是我个人独有的经历。这时，突然发现一堵残墙上居然还挂着日历——那蒙满灰土的日历的日子正是地震那一天：一九七六年七月二十八日，星期三，丙辰年七月初二。我伸手把它小心地扯下来。如今，它和我当时拍下的照片，已经成了我个人生命史刻骨铭心的珍藏了。

由此，我懂得了日历的意义。它原是我们生命忠实的记录。从“隐形写作”的含义上说，日历是一本日记。它无形地记载我每一天遭遇的、面临的、经受的，以及我本人应对与所作所为，还有改变我的和被我改变的。

然而人生的大部分日子是重复的——重复的工作与人际，重复的事物与相同的事物都很难被记忆。所以我们的日历大多页码都是黯淡无光。过后想起来，好似空洞无物。于是，我们就碰到一个非常重要的关于人本的话题——记忆。人因为记忆而厚重、智慧和变得理智。更重要的是，记忆使人变得独特。因为记忆排斥平庸。记忆的事物都是纯粹而深刻个人化的。所有个人都是一个独特的“个案”。记忆很像艺术家，潜在心中，专事刻画我们自己的独特性。你是否把自己这个“独特”看得很重要？广义地说，精神事物的真正价值正是它的独特性。无论是一个人，还是一种文化。记忆依靠载体。一个城市的记忆留在它历史的街区与建筑上，一个人的记忆在他的照片上、物品里、老歌老曲中，也在日历上。

然而，人不能只是被动地被记忆，我们还要用行为去创造记忆。我们要用情感、忠诚、爱心、责任感，以及创造性的劳动去书写每一天的日历，把这一天深深嵌入记忆里。我们不是有能力使自己的人生丰富、充实以及具有深度和分量吗？

所以我写过：

“生活就是创造每一天。”

我还在一次艺术家的聚会中说：

“我们今天为之努力的，都是为了明天的回忆。”

为此，每每到了一年最后的几天，我都是不肯再去扯日历。我总把这最后几页保存下来。这可能出于生命的本能。我不愿意把日子花得精光。你一定会笑我，并问我这样就能保存住日子吗？我便把自己在今年日历的最后一页上写的四句诗拿给你看：

岁月何其速，
哎呀又一年；
花叶全无迹，
存世惟诗篇。

正像保存葡萄最好的方式是把葡萄变为酒；保存岁月最好的方式是致力把岁月变为永存的诗篇或画卷。

现在我来回答文章开始时那个问题：为什么我喜欢日历？因为日历具有生命感，或者说日历叫我随时感知自己的生命并叫我思考如何珍惜它。

时　　光

一岁将尽，便进入一种此间特有的情氛中。平日里奔波忙碌，只觉得时间的紧迫，很难感受到“时光”的存在。时间属于现实，时光属于人生。然而到了年终时分，时光的感觉乍然出现。它短促、有限、性急，你在后边追它，却始终抓不到它飘举的衣袂。它飞也似的向着年的终点扎去。等到你真的将它超越，年已经过去，那一大片时光便留在过往不复的岁月里了。

今晚突然停电，摸黑点起蜡烛。烛光如同光明的花苞，宁静地浮在漆黑的空间里；室内无风，这光之花苞便分外优雅与美丽；些许的光散布开来，朦胧依稀地勾勒出周边的事物。没有电就没有音乐相伴，但我有比音乐更好的伴侣——

思考。

可是对于生活最具悟性的，不是思想者，而是普通大众。比如大众俗语中，把临近年终这几天称作“年根儿”，多么真切和形象！它叫我们顿时发觉，一棵本来是绿意盈盈的岁月之树，已被我们消耗殆尽，只剩下一点点根底。时光竟然这样的紧迫、拮据与深浓……

一下子，一年里经历过的种种事物的影像全都重叠地堆在眼前。不管这些事情怎样庞杂与艰辛，无奈与突兀。我更想从中找到自己的足痕。从春天落英缤纷的京都退藏院到冬日小雨空濛的德尔菲遗址；从重庆荒芜的红卫兵墓到津南那条神奇的蛤蜊堤；从一个会场到另一个会场，一个活动到另一个活动中；究竟哪一些足迹至今清晰犹在，哪一些足迹杂沓模糊甚至早被时光干干净净一抹而去？

我瞪着眼前的重重黑影，使劲看去。就在烛光散布的尽头，忽然看到一双眼睛正直对着我，目光冷峻锐利，逼视而来。这原是我放在那里的一尊木雕的北宋天王像。然而此刻他的目光却变得分外有力。它何以穿过夜的浓雾，穿过漫长的八百年，锐不可当、拷问似的直视着任何敢于朝他瞧上一眼的人？显然，是由于八百年前那位不知名的民间雕工传神的本领、非凡的才气；他还把一种阳刚正气和直逼邪恶的精神注入其中。如今那位无名雕工早已了无踪影，然而他那令人震撼的生命精神保存下来。

在这里，时光不是分毫不曾消逝吗？

植物死了，把它的生命留在种子里；诗人离去，把他的生命留在诗句里。

时光对于人，其实就是生命的过程。当生命走到终点，不一定消失得没有痕迹，有时它还会转化为另一种形态存在或再生。母与子的生命的转换，不就在延续着整个人类吗？再造生命，才是最伟大的生命奇迹。而此中，艺术家们应是最幸福的一种。唯有他们能用自己的生命去再造一个新的生命。小说家再造的是代代相传的人物；作曲家再造的是他们那个可以听到的迷人而永在的灵魂。

此刻，我的眸子闪闪发亮，视野开阔，房间里的一切艺术珍品都一点点地呈现。它们不是被烛光照亮，而是被我陡然觉醒的心智召唤出来的。

其实我最清晰和最深刻的足迹，应是书桌下边，水泥的地面上那两个被自己的双足磨成的浅坑。我的时光只有被安顿在这里，它才不会消失，而被我转化成一个个独异又鲜活的生命，以及一行行永不褪色的文字。然而我一年里把多少时光抛入尘嚣，或是支付给种种一闪即逝的虚幻的社会场景。

甚至有时属于自己的时光反成了别人的恩赐。检阅一下自己创造的人物吧，掂量他们的寿命有多长。艺术家的生命是用他艺术的生命计量的。每个艺术家都有可能达到永恒，放弃掉的只能是自己。是不是？

迎面那宋代天王瞪着我，等我回答。

我无言以对，尴尬到了自感狼狈。

忽然，电来了，灯光大亮，事物通明，恍如更换天地。刚才那片幽阔深远的思想世界顿时不在，唯有烛火空自燃烧，显得多余。再看那宋代的天王像，在灯光里仿佛换了一个神气，不再那样咄咄逼人了。

我也不用回答他，因为我已经回答自己了。

摸　书

名叫莫拉的这位老妇人嗜书如命。她认真地对我说：

“世界上所有的一切都在书里。”

“世界上没有的一切也在书里。把宇宙放在书里还有富余。”我说。

她笑了，点点头表示同意，又说：

“我收藏了四千多本书，每天晚上必须用眼扫一遍，才肯关灯睡觉。”

她真有趣。我说：

“书，有时候不需要读，摸一摸就很美，很满足了。”

她大叫：“我也这样，常摸书。”她愉快地虚拟着摸书的动作，烁烁目光真诚地表示她是我的知音。

谈话是个相互寻找与自我寻找的过程。这谈话使我高兴，因为既找到知己，又发现到自己有一个美妙的习惯，就是摸书。

闲时，从书架上抽下几本新新旧旧的书来，或许是某位哲人文字的大脑，或许是某位幻想者迷人的呓语，或许是人类某种思维兴衰全过程的记录——这全凭一时兴趣，心血来潮。有的书早已读过，或再三读过，有的书买来就立在架上；此时也并非想读，不过翻翻、看看、摸摸而已。未读的书是一片密封着的诱惑人的世界，里边肯定有趣味更有智慧；打开来读是种享受，放在手中不轻易去打开也是一种享受；而凡是读过的书，都成为有生命的了，就像一个个朋友，我熟悉它们的情感与情感方式，它们每个珍贵的细节，包括曾把我熄灭的思想重新燃亮的某一句话……翻翻、看看、摸摸，回味、重温、再体验，这就够了。何必再去读呢？

当一本古旧书拿在手里，它给我的感受便是另一般滋味。不仅它的内容，一切一切，都与今天相去遥远。那封面的风格，内页的版式，印刷的字体，都带着那时代独有的气息与永难回复的风韵，并从磨损变黄的纸页中生动地散发出来。也许这书没有多少耐读的内涵，也没有多少经久不衰的思想价值，它在手中更像一件古旧器物。它的文化价值反成为第一位的了，这文化的意味无法读出来，只要看看、摸摸，就能感受到。

莫拉说，她过世的丈夫是个书虫子。她藏书及其嗜好，一半来自她丈夫。她丈夫终日在书房里，读书之外，便是把那些书搬来搬去，翻一翻、看一看、摸一摸。每每此时，“他像醉汉泡在酒缸里，这才叫真醉了呢！”她说。她的神气好似看到了过去一幅迷人的画。

我忽然想到一句话：“人与书的境界是超越读。”但我没说，因为她早已懂得。

天　　籁

——约瑟夫·施特劳斯作品《天籁》的联想

你仰头、仰头，耳朵像一对空空的盅儿，去承接由高无穷尽的天空滑落下来的声音。然而，你什么也听不到。人的耳朵不是听天体而是听取俗世的，所以人们说茫茫宇宙，寥廓无声。

这宇宙天体，如此浩瀚，如此和谐，如此宁静，如此透明，如此神奇，它一定有一种美妙奇异、胜过一切人间的音乐的天籁。你怎样才能听到它，你乞灵于谁？

你仰着头，屏住气，依然什么也没听到，却感受了高悬头顶的天体的博大与空灵。在这浩无际涯、通体透彻的空间里，任何一块云彩都似乎离你很近，而它们距离宇宙的深处极远极远。天体中从来没有阴影，云彩的影子全在大地山川上缓缓行走，而真正的博大不都是这样无藏于任何阴暗的吗？

当乌云汇集，你的目光从那尚未闭合的云洞穿过极力望去，一束阳光恰好由那里直射下来，和你的目光金灿灿地相撞，你是否听到这种激动人心的灿烂的金属般的声响？当然，你没有听到任何声音，还有那涌动的浓雾、不安的流光、行走的星球和日全食的太阳，为什么全是毫无声息？而尘世间那些爬行的蝼蚁、翕动的鼻翼、轻微摩擦纸面的笔尖为什么都清晰作响？如果你不甘心自己耳朵的蒙昧，就去倾听天上那些云彩——

它们，被风撕开该有一种声音，彼此相融该有另一种声音，被阳光点燃难道没有一种声音？还有那风狂雨骤后漫天舒卷的云，个个拥着雪白的被子，你能听到这些云彩舒畅的鼾声吗？

噢，你听到了！闪电刺入乌云的腹内，你终于听到天公的暴怒！你还说空中的风一定是天体的呼吸，否则为什么时而宁静柔和时而猛烈迅疾？细密的小雨为了叫你听见它的声音，每一滴雨都把一片叶子作为碧绿的小鼓，你已经神会到雨声是一种天意！可到头来蒙昧的仍旧是你！只要人听到的、听懂的，全不是天体之声。

辽阔浩荡的天体，空空洞洞，了无内容，哪来的肃穆与庄严？但在它的笼罩之下，世间最大的阴谋也不过是瞬息即逝的浮尘。人类由于站在地上，才觉得地大而天小；如果飞上太空，地球不过是宇宙中一粒微小的物质。每个星球都有自己的性格，每个星球都有自己独特的声音。它们在宇宙间偶然邂逅，在相对时悄然顾盼，在独处中默然遐想，它们用怎样的语言来相互表达？多么奇异的天体！没有边际，没有中心，没有位置，没有内和外，没有苦与乐，没有生和死，没有昼与夜，没有时间的含义，没有空间的计量，不管用多巨大的光年数字，也无法计算它的恢宏……想想看，这天体运行中的旋律该是何等的壮美与神奇？

你更加焦渴地仰着头——

不，不是你，是约瑟夫·施特劳斯。他一直张着双耳，倾听来自宇宙天体深处的声音，并把这声音描述下来。尽管这声音并非真实的天籁，只不过是他的想象，却叫我们深深地为之感动。从这清明空远的音响里，我们终于悟到了天体之声最神圣、最迷人的主题：永恒！

永恒，一个所有地球生命的终极追求，所有艺术生命苦苦攀援的极顶，它又是无法企及的悲剧性的生命境界。从蛮荒时代到文明社会，人类一直心怀渴望，举首向天，祈盼神示以永恒。面对天体，我们何其渺小；面对永恒，我们又何其短暂！尽管如是，地球人类依旧努力不弃，去理解永恒和走进永恒。我们无法达到的是永恒，我们永远追求的也是永恒。

听到了永恒之声，便是听到了天籁。

第三辑

俗世之人

刷　子　李

码头上的人，全是硬碰硬。手艺人靠的是手，手上就必得有绝活。有绝活的，吃荤，亮堂，站在大街中央；没能耐的，吃素，发蔫，靠边待着。这一套可不是谁家定的，它地地道道是码头上的一种活法。自来唱大戏的，都讲究闯天津码头。天津人迷戏也懂戏，眼刁耳尖，褒贬分明。戏唱得好，下边叫好捧场，像见到皇上，不少名角便打天津唱红唱紫、大红大紫；可要是稀松平常，要哪没哪，戏唱砸了，下边一准起哄喝倒彩，弄不好茶碗扔上去，茶叶沫子沾满戏袍和胡须上。天下看戏，哪儿也没天津倒好叫得厉害。您别说不好，这一来也就练出不少能人来。各行各业，全有几个本领齐天的活神仙。刻砖刘、泥人张、风筝魏、机器王、刷子李等等。天津人好把这种人的姓，和他们拿手擅长的行当连在一起称呼。叫长了，名字反没人知道。只有这一个绰号，在码头上响当当和当当响。

刷子李是河北大街一家营造厂的师傅，专干粉刷一行，别的不干。他要是给您刷好一间屋子，屋里任嘛甭放，单坐着，就赛升天一般美。最让人叫绝的是，他刷浆时必穿一身黑，干完活，身上绝没有一个白点。别不信！他还给自己立下一个规矩，只要身上有白点，白刷不要钱。倘若没这本事，他不早饿成干儿了？

但这是传说，人信也不会全信。行外的没见过的不信，行内的生气愣说不信。

一年的一天，刷子李收个徒弟叫曹小三。当徒弟的开头都是端茶、点烟，跟在屁股后边提东西。曹小三当然早就听说过师傅那手绝活，一直半信半疑，这回非要亲眼瞧瞧。

那天，头一次跟师傅出去干活，到英租界镇南道给李善人新造的洋房刷浆。到了那儿，刷子李跟管事的人一谈，才知道师傅派头十足。照他的规矩一天只刷一间屋子。这洋楼大小九间屋，得刷九天。干活前，他把随身带的一个四四方方的小包袱打开，果然一身黑衣黑裤，一双黑布鞋。穿上这身黑，就赛跟地上一桶白浆较上了劲。

一间屋子，一个屋顶四面墙，先刷屋顶后刷墙。顶子尤

俗世奇人之刷子李 大冯

其难刷，蘸了稀溜溜粉浆的板刷往上一举，谁能一滴不掉？一掉准掉在身上。可刷子李一举刷子，就赛没有蘸浆。但刷子划过屋顶，立时匀匀实实一道白，白得透亮，白得清爽。有人说这蘸浆的手法有高招，有人说这调浆的配料有秘方。曹小三哪里看得出来？只见师傅的手臂悠然摆来，悠然摆去，好赛伴着鼓点，和着琴音，每一摆刷，那长长的带浆的毛刷便在墙面“啪”的清脆一响，极是好听。啪啪声里，一道道浆，衔接得天衣无缝，刷过去的墙面，真好比平平整整打开一面雪白的屏障。可是曹小三最关心的还是刷子李身上到底有没有白点。

刷子李干活还有个规矩。每刷完一面墙，必得在凳子上坐一大会儿，抽一袋烟，喝一碗茶，再刷下一面墙。此刻，曹小三借着给师傅倒水点烟的机会，拿目光仔细搜索刷子李的全身。每一面墙刷完，他搜索一遍。居然连一个芝麻大小的粉点也没发现。他真觉得这身黑色的衣服有种神圣不可侵犯的威严。

可是，当刷子李刷完最后一面墙，坐下来，曹小三给他点烟时，竟然瞧见刷子李裤子上出现一个白点，黄豆大小。黑中白，比白中黑更扎眼。完了！师傅露馅了，他不是神仙，往日传说中那如山般的形象轰然倒去。但他怕师父难堪，不敢说，也不敢看，可忍不住还要扫一眼。

这时候，刷子李忽然朝他说话：

“小三，你瞧见我裤子上的白点了吧。你以为师傅的能耐有假，名气有诈，是吧？傻小子，你再细瞧瞧吧——”

说着，刷子李手指捏着裤子轻轻往上一提，那白点即刻没了，再一松手，白点又出现，奇了！曹小三凑上脸用神再瞧，那白点原是一个小洞！刚才抽烟时不小心烧的。里边的白衬裤打小洞透出来，看上去就跟粉浆落上去的白点一模一样！

刷子李看着曹小三发怔发傻的模样，笑道：

“你以为人家的名气全是虚的？那你是在骗自己。好好学本事吧！”

曹小三学徒头一天，见到听到学到的，恐怕别人一辈子也未准明白呢！

好嘴杨巴

津门胜地，能人如林，此间出了两位卖茶汤的高手，把这种稀松平常的街头小吃，干得远近闻名。这二位，一位胖黑敦厚，名叫杨七，一位细白精朗，人称杨八。杨七杨八，好赛哥俩，其实却无亲无故，不过他俩的爹都姓杨罢了。杨八本名杨巴，由于“巴”与“八”音同，杨巴的年岁长相又比杨七小，人们便错把他当成杨七的兄弟。不过要说他俩的配合，好比左右手，又非亲兄弟可比。杨七手艺高，只管闷头制作；杨巴口才好，专管外场照应，虽然里里外外只这两人，既是老板又是伙计，闹得却比大买卖还红火。

杨七的手艺好，关键靠两手绝活。

一般茶汤是把秫米面沏好后，捏一撮芝麻撒在浮头，这样做香味只在表面，愈喝愈没味儿。杨七自有高招，他先盛半碗秫米面，便撒上一次芝麻，再盛半碗秫米面，沏好后又撒一次芝麻。这样一直喝到见了碗底都有香味。

他另一手绝活是，芝麻不用整粒的，而是先使铁锅炒过，再拿擀面杖压碎。压碎了，里面的香味才能出来。芝麻必得炒得焦黄不煳，不黄不香，太煳便苦；压碎的芝麻粒还得粗细正好，太粗费嚼，太细也就没嚼头了。这手活儿别人明知道也学不来。手艺人的能耐全在手上，此中道理跟写字画画差不多。

可是，手艺再高，东西再好，拿到生意场上必得靠人吹。三分活，七分说，死人说活了，破货变好货，买卖人的功夫大半在嘴上。到了需要逢场作戏、八面玲珑、看风使舵、左右逢源的时候，就更指着杨巴那张好嘴了。

那次，李鸿章来天津，地方的府县道台费尽心思，究竟拿嘛样的吃喝才能把中堂大人哄得高兴？ 京城豪门，山珍海味不新鲜，新鲜的反倒是地方风味小吃，可天津卫的小吃太粗太土：熬小鱼刺多，容易卡嗓子；炸麻花梆硬，弄不好硌牙。琢磨三天，难下决断，幸亏知府大人原是地面上走街串巷的人物，嘛都吃过，便举荐出“杨家茶汤”——茶汤黏软香甜，好吃无险，众官员一齐称好，这便是杨巴发迹的缘由了。

这日下晌，李中堂听过本地小曲莲花落子，饶有兴味，满心欢喜，撒泡热尿，身爽腹空，要吃点心。知府大人忙叫“杨七杨八”献上茶汤。今儿，两人自打到这世上来，头次里外全新，青裤青褂，白巾白袜，一双手拿碱面洗得赛脱层皮那样干净。他俩双双将茶汤捧到李中堂面前的桌上，然后一并退后五步，垂手而立，说是听候吩咐，实是请好请赏。

李中堂正要尝尝这津门名品，手指尖将碰碗边，目光一落碗中，眉头忽地一皱，面上顿起阴云，猛然甩手，“啪”地将一碗茶汤打落在地，碎瓷乱飞，茶汤泼了一地，还冒着热气儿。在场众官员吓蒙了，杨七和杨巴慌忙跪下，谁也不知中堂大人为嘛犯怒。

当官的一个比一个糊涂，这就透出杨巴的明白。他眨眨眼，立时猜到中堂大人以前没喝过茶汤，不知道撒在浮头的碎芝麻是嘛东西，一准当成不小心掉上去的脏土，要不哪会有这大的火气？可这样，难题就来了——

倘若说这是芝麻，不是脏东西，不等于骂中堂大人孤陋寡闻，没有见识吗？倘若不加解释，不又等于承认给中堂大人吃脏东西？说不说，都是要挨一顿臭揍，然后砸饭碗子。而眼下顶要紧的，是不能叫李中堂开口说那是脏东西。大人说话，不能改口。必须赶紧想辙，抢在前头说。

杨巴的脑筋飞快地一转两转三转，主意来了！只见他脑袋撞地，“咚咚咚”叩得山响，一边叫道：“中堂大人息怒！小人不知道中堂大人不爱吃压碎的芝麻粒，惹恼了大人。大人不记小人过，饶了小人这次，今后一定痛改前非！”说完又是一阵响头。

李中堂这才明白，刚才茶汤上那些黄渣子不是脏东西，是碎芝麻。明白过后便想，天津卫九河下梢，人性练达，生意场上，心灵嘴巧。这卖茶汤的小子更是机敏过人，居然一眼看出自己错把芝麻当作脏土，而三两句话，既叫自己明白，又给自己面子。这聪明在眼前的府县道台中间是绝没有的，于是对杨巴心生喜欢，便说：

“不知道当无罪！虽然我不喜欢吃碎芝麻（他也顺坡下了），但你的茶汤名满津门，也该嘉奖！来人呀，赏银一百两！”

这一来，叫在场所有人摸不着头脑。茶汤不爱吃，反倒奖巨银，为嘛？傻啦？杨巴趴在地上，一个劲儿地叩头谢恩，心里头却一清二楚全明白。

自此，杨巴在天津城威名大震。那“杨家茶汤”也被人们改称作“杨巴茶汤”了。杨七反倒渐渐埋没，无人知晓。杨巴对此毫不内疚，因为自己成名靠的是自己一张好嘴，李中堂并没有喝茶汤呀！

泥 人 张

手艺道上的人，捏泥人的“泥人张”排第一。而且，有第一，没第二，第三差着十万八千里。

泥人张大名叫张明山。咸丰年间常去的地方有两处，一是东北城角的戏院大观楼，一是北关口的饭馆天庆馆。坐在那儿，为了瞧各样的人，也为捏各样的人。去大观楼要看戏台上的各种角色，去天庆馆要看人世间的各种角色。这后一种的样儿更多。

那天下雨，他一个人坐在天庆馆里饮酒，一边留神四下里吃客们的模样。这当儿，打外边进来三个人。中间一位穿得阔绰，大脑袋，中溜个子，挺着肚子，架势挺牛，横冲直撞往里走。站在迎门桌子上的“撂高的”一瞅，赶紧吆喝着：“益照临的张五爷可是稀客，贵客，张五爷这儿总共三位——里边请！”

一听这喊话，吃饭的人都停住嘴巴，甚至放下筷子瞧瞧这位大名鼎鼎的张五爷。当下，城里城外气最冲的要算这位靠着贩盐赚下金山的张锦文。他当年由于为盛京将军海仁卖过命，被海大人收为义子，排行老五，所以又有“海张五”一称。但人家当面叫他张五爷，背后叫他海张五。天津卫是做买卖的地界儿，谁有钱谁横，官儿也憷三分。可是手艺人除外。手艺人靠手吃饭，求谁？憷谁？故此，泥人张只管饮酒，吃菜，西瞧东看，全然没把海张五当个人物。

但是不会儿，就听海张五那边议论起他来。有个细嗓门的说：“人家台下一边看戏，一边手在袖子里捏泥人。捏完拿出来一瞧，台上的嘛样，他捏的嘛样。”跟着就是海张五的大粗嗓门说：“在哪儿捏？ 在袖子里捏？ 在裤裆里捏吧！”随后一阵笑，拿泥人张找乐子。

这些话天庆馆里的人全都听见了。人们等着瞧艺高胆大的泥人张怎么“回报”海张五。一个泥团儿砍过去？

只见人家泥人张听赛没听，左手伸到桌子下边，打鞋底下抠下一块泥巴，右手依然端杯饮酒，眼睛也只瞅着桌上的酒菜，这左手便摆弄起这团泥巴来；几个手指飞快捏弄，比变戏法的刘秃子的手还灵巧。海张五那边还在不停地找乐子，泥人张这边肯定把那些话在他手里这团泥上全找回来了。随后手一停，他把这泥团往桌上“叭”地一戳，起身去柜台结账。

吃饭的人伸脖一瞧，这泥人真捏绝了！ 就赛把海张五的脑袋割下来放在桌上一般。瓢似的脑袋，小鼓眼，一脸狂气，比海张五还像海张五。只是只有核桃大小。

海张五在那边，隔着两丈远就看出捏的是他。他朝着正走出门的泥人张的背影叫道：“这破手艺也想赚钱，贱卖都没人要。”

泥人张头都没回，撑开伞走了。但天津卫的事没有这样完的——

第二天，北门外估衣街的几个小杂货摊上，摆出来一排排海张五这个泥像，还加了个身子，大模大样坐在那里。而且是翻模子扣的，成批生产，足有一二百个。摊上还都贴着个白纸条，上边使墨笔写着：

贱卖海张五

估衣街上来来往往的人，谁看谁乐。乐完找熟人来看，再一块儿乐。

三天后，海张五派人花了大价钱，才把这些泥人全买走，据说连泥模子也买走了。泥人是没了，可“贱卖海张五”这事传了一百多年，直到今儿个。

长衫老者

我幼时，家对门有条胡同，又窄又长，九曲八折，望进去深邃莫测。隔街是店铺集中的闹市，过往行人都以为这胡同通向那边闹市，是条难得的近道，便一头扎进去，弯弯转转，直走到头，再一拐，迎面竟是一堵墙壁，墙内有户人家。原来这是条死胡同！好晦气！凡是走到这儿来的，都恨不得把这面堵得死死的墙踹倒！

怎么办？只有认倒霉，掉头走出来。可是这么一往一返，不但没抄了近道，反而白跑了长长一段冤枉路。正像俗话说的：贪便宜者必吃亏。那时，只要看见一个人满脸丧气从胡同里走出来，哈，一准知道是撞上死胡同了！

走进这死胡同的，不仅仅是行人，还有一些小商小贩。

为了省脚力，推车挑担串进来，这就热闹了。本来狭窄的道儿常常拥塞；叫车轱辘碰伤孩子的事也不时发生。没人打扫它，打扫也没用，整天土尘蓬蓬。人们气急就叫："把胡同顶头那家房子扒了！"房子扒不了，只好忍耐；忍耐久了，渐渐习惯。就这样，乱乱哄哄，好像它天经地义就该如此。

一天，来了一位老者，个子矮小，干净爽利，一件灰布长衫，红颜白须，目光清朗，胳肢窝夹个小布包包，看样子像教书先生。他走进胡同，一直往里，可过不久就返回来。嘿，又是一个撞上死胡同的！

这位长衫老者却不同常人。他走出来时，面无懊丧，而是目光闪闪，似在思索，然后站在胡同口，向左右两边光秃秃的墙壁望了望，跟着蹲下身，打开那布包，包里面有铜墨盒、毛笔、书纸和一个圆圆的带盖的小饭盒。他取笔展纸，写了端端正正、清清楚楚四个大字：此路不通。又从小盆里捏出几颗饭粒，代作糨糊，把这张纸贴在胡同口的墙壁上，看了两眼便飘然而去。

咦，谁料到这张纸一出，立刻出现奇迹。过路人若要抄近道扎进胡同，一见纸上的字，就转身走掉；小商贩们即使不识字，见这里进出人少，疑惑是死胡同，自然不敢贸然进去。胡同陡然清静多了。过些日子，这纸条给风吹雨打，残破了，胡同里的住家便想到用一块木板，仿照这四个字写在上边，牢牢钉在墙上，这样就长久地保留下来。

胡同自此大变样子。

它出现了从来没见过的情景：有人打扫，有人种花，有孩童玩耍；鸟雀也敢在地面上站一站。逢到一夜大雪过后，犹如一条蜿蜒洁白的带子，渐渐才给早起散步的老人们，踩上一串深深的雪窝窝。这些饱受市井喧嚣的人家，开始享受起幽居的静谧和安宁来了。

于是，我挺奇怪，本来这么简单的一举，为什么许多年里不曾有人想到？我因此愈加敬重那矮小、不知姓名、肯思索、更肯动手来做的长衫老者了……

快手刘

人人在童年，都是时间的富翁，胡乱挥霍也使不尽。有时待在家里闷得慌，或者父亲嫌我太闹，打发我出去玩玩儿，我就不免要到离家很近的那个街口，去看快手刘变戏法。

快手刘是个撂地摆摊卖糖的胖大汉子。他有个随身背着的漆成绿色的小木箱，在哪儿摆摊就把木箱放在哪儿。箱上架一条满是洞眼的横木板，洞眼插着一排排廉价而赤黄的棒糖。他变戏法是为吸引孩子们来买糖。戏法十分简单，俗称“小碗扣球”。一块绢子似的黄布铺在地上，两个白瓷小茶碗，四个滴溜溜的大红玻璃球儿，就这再普通不过的三样道具，却叫他变得神出鬼没。他两只手各拿一个茶碗，你明明看见每个碗下边扣着两个红球儿，你连眼皮都没眨动一下，嘿！四个球儿竟然全都跑到一个茶碗下边去了，难道这球儿是从地下钻过去的？他就这样把两只碗翻来翻去，一边叫天喊地，东指一下手，西吹一口气，好像真有什么看不见的神灵做他的助手，四个小球儿忽来忽去，根本猜不到它们在哪里。这种戏法比舞台上的魔术难变，舞台只一边对着观众；街头上的土戏法，前后左右围着一圈人，人们的视线从四面八方射来，容易看出破绽。有一次，我亲眼瞧见他手指飞快地一动，把一个球儿塞在碗下边扣住，便禁不住大叫：

“在右边那个碗底下哪，我看见了！”

“你看见了？”快手刘明亮的大眼珠子朝我惊奇地一闪，跟着换了一种正经的神气对我说，“不会吧！你可得说准了。猜错就得买我的糖。”

“行！我说准了！”我亲眼所见，所以一口咬定。自信使我的声音非常响亮。

谁知快手刘哈哈一笑，突然把右边的茶碗翻过来。

“瞧吧，在哪儿呢？”

咦，碗下边怎么什么也没有呢？只有碗口压在黄布上一道圆圆的印子。难道球儿穿过黄布钻进左边那个碗下边去了？快手刘好像知道我怎么猜想，伸手又把左边的茶碗掀开，同样什么也没有！球儿都飞了？只见他将两只空碗对口合在一起，举在头顶上，口呼一声："来！"双手一摇茶碗，里面竟然哗哗响，打开碗一看，四个球儿居然又都出现在碗里边。怪，怪，怪，怪！

四边围看的人发出一阵惊讶不已的唏嘘之声。

"怎么样？你输了吧！不过在我这儿输了决不罚钱，买块糖吃就行了。这糖是纯糖稀熬的，单吃糖也不吃亏。"

我臊得脸皮发烫，在众人的笑声里买了块棒糖，站在人圈后边去。从此我只站在后边看了，再不敢挤到前边去多嘴多舌。他的戏法，在我眼里真是无比神奇了。这也是我童年真正钦佩的一个人。

他那时不过四十多岁吧，正当年壮，精饱神足，肉重肌沉，皓齿红唇，乌黑的眉毛像用毛笔画上去的。他蹲在那里活像一只站着的大白象，一边变戏法，一边卖糖，发亮而外凸的眸子四处流盼，照应八方；满口不住说着逗人的笑话。一双胖胖的手，指肚滚圆，却转动灵活，那四个小球就在这双手里忽隐忽现。我当时有种奇想，他的手好像是双层的，小球时时藏在夹层里。唉唉，孩提时代的念头，现在不会再有了。

这双异常敏捷的手，大概就是他绰号"快手刘"的来历。他也这样称呼自己，以至在我们居住那一带无人不知他的大名。我童年的许多时光，就是在这最最简单又百看不厌的土戏法里，在这一直也不曾解开的谜阵中，在他这双神奇莫测、令人痴想不已的快手之间消磨的。他给了我多少好奇的快乐呢？

那些伴随着童年的种种人和事，总要随着童年的消逝而远去。我上中学以后就不常见到快手刘了。只是路过那路口时，偶尔碰见他。他依旧那样兴冲冲地变“小碗扣球”，身旁摆着插满棒糖的小绿木箱。此时我已经是懂事的大孩子了，不再会把他的手想象成双层的，却依然看不出半点破绽，身不由己地站在那里，饶有兴致地看了一阵子。我敢说，世界上再好的剧目，哪怕是易卜生和莎士比亚，也不能像我这样成百上千次看个不够。

我上高中是在外地。人一走，留在家乡的童年和少年就像合上的书。往昔美好的故事，亲切的人物，甜醉的情景，就像鲜活的花瓣夹在书页里，再翻开都变成了干枯了的回忆。谁能使过去的一切复活？那去世的外婆，不知去向的挚友，妈妈乌黑的鬈发，久已遗失的那些美丽的书，那跑丢了的绿眼睛的小白猫……还有快手刘。

高中二年级的暑期，我回家度假。一天在离家不远的街口看见十多个孩子围着什么又喊又叫。走近一看，心中怦然一动，竟是快手刘！他依旧卖糖和变戏法，但人已经大变样子。几年不见，好像过了许久，模样接近了老汉。单是身旁摆着的那只木箱，就带些凄然的样子。它破损不堪，黑乎乎，黏腻腻，看不出一点先前那悦目的绿色。横板上插糖的洞孔，多年来给棒糖的竹棍捅大了，插在上边的棒糖东倒西歪。再看他，那肩上、背上、肚子上、臂上的肉都到哪儿去了呢？饱满的曲线没了，衣服下处处凸出尖尖的骨形来；脸盘仿佛小了一圈，眸子无光，更没有当初左顾右盼、流光四射的精神。这双手尤其使我动心——他分明换了一双手！手背上青筋缕缕，污黑的指头上绕着一圈圈皱纹，好像吐尽了丝而皱缩下去的老蚕……于是，当年一切神秘的气氛和绝世的本领都从这双手上消失了。他抓着两只碗口已经碰得破破烂烂的茶碗，笨拙地翻来翻去，那四个小球儿，一会儿没头没脑地撞在碗边上，一会儿从手里掉下来。他的手不灵了！孩子们叫起来："球在那儿呢！""在手里哪！""指头中间夹着哪！"在这喊声里，他一慌张，手就愈不灵，抖抖索索搞得他自己也不知道球儿都在哪里了。无怪乎四周的看客只是寥寥一些孩子。

"在他手心里，没错！决没在碗底下！"有个光脑袋的胖小子叫道。

我也清楚地看到，在快手刘扣过茶碗的时候，把地上的球儿取在手中。这动作缓慢迟钝，失误就十分明显。孩子们吵着闹着叫快手刘张开手，快手刘的手却攥得紧紧的，朝孩子们尴尬地掬出笑容。这一笑，满脸皱纹都挤在一起，好像一个皱纸团。他几乎用请求的口气说：

“是在碗里呢！我手里边什么也没有……”

当年神气十足的快手刘哪会用这种口气说话？这些稚气又认真的孩子偏偏不依不饶，非叫快手刘张开手不可。他哪能张手，手一张开，一切都完了。我真不愿意看见快手刘这一副狼狈的、惶惑的、无措的窘态。多么希望他像当年那次——由于我自作聪明，揭他老底，迫使他亮出一个捉摸不透的绝招。小球突然不翼而飞，呼之即来。如果他再使一下那个绝招，叫这些不知轻重的孩子领略一下名副其实的快手刘而瞠目结舌多好！但他老了，不再会有那花好月圆的岁月年华了。

我走进孩子们中间，手一指快手刘身旁的木箱说：

“你们都说错了，球儿在这箱子上呢！”

孩子们给我这突如其来的话弄得莫名其妙，都瞅那木箱，就在这时，我眼角瞥见快手刘用一种尽可能的快速度把手里的小球塞到碗下边。

“球在哪儿呢？”孩子们问我。

快手刘笑呵呵翻开地上的茶碗说：

“瞧，就在这儿哪！ 怎么样？ 你们说错了吧，买块糖吧，这糖是纯糖熬的，单吃糖也不吃亏。”

孩子们给骗住了，再不喊闹。一两个孩子掏钱买糖，其余的一哄而散。随后只剩下我和从窘境中脱出身来的快手刘，我一扭头，他正瞧我。他肯定不认识我。他皱着花白的眉毛，饱经风霜的脸和灰蒙蒙的眸子里充满疑问，显然他不明白，我这个陌生的青年何以要帮他一下。

挑　山　工

——泰山旧日见闻之二

一

你见过泰山的挑山工吗？ 这是种很奇特的人！

不知别处对这种运货上山的民夫怎样称呼。这儿习惯叫作挑山工。单从“挑山”二字，就可以体会出这种工作非凡的艰辛。肩挑着百十斤的重物，从山下直挑到烟云缭绕、鸟儿都难飞得上去的山顶，谁敢一试？ 更何况，这被誉为“五岳之首”的泰山，自有其巍巍而不可征服的威势。从山根直至极顶处，一条道儿，全是高高的石头台阶，简直就是一架直上直下的万丈天梯。在通向南天门的十八盘道上，那些游山来的健壮的男儿，也不免气喘吁吁；一般人更是精疲力竭，抓着道旁的铁栏，把身子一点点往上移。每爬上十来磴台阶，就要停下来歇一歇。只有这时，你碰到一个挑山工——他给重重的挑儿压塌了腰，汗水湿透衣衫，两条腿上的肌条筋缕都清晰地凸现在外，默不作声，一步一步，吃力又坚韧地走过你身旁，登了上去。你那才算是约略知道“挑山”二字的滋味……

挑山工，大概自古就有。山头那些千年古刹所用的一切建筑材料，都是从山下运上来的。你瞧着这些构造宏伟的古建筑上巨大的梁柱础石、沉重的铜砖铁瓦，再低头俯望一条灰白的山路，如同一根细绳，蜿蜒曲折，没入茫茫的谷底。你就会联想到，当年为了建造这些庙宇寺观，为了这壮观的美，挑山工们付出了怎样艰巨和惊人的劳动！

我少时来游泰山，山顶上还有三四十户人家，家中的男人大多是挑山工，给山上的国营招待所运送食品货物以为生计。清早，他们拿了扁担绳索，带着晨风晓露下山去，后晌随着一片暮云夕阳，把货物挑上山来。星光烁烁时，家家都开夜店，留宿在山头住一夜而打算转天早起观瞻日出的游人，收费却比国营招待所低廉。他们的屋子是石头垒的。山上风大，小屋都横竖卧在山道两旁的凹处，屋顶与道面一般平。屋里边简陋得几乎什么也没有，用来招待客人的，只有一条脏被和热开水。为了招待主顾，各家门首还挂着一个小幌牌，写着店名。有的叫“棒棰店”，就在木牌两边挂一对小木棒棰；有的叫“勺儿店”，便挂一对乌黑的小生铁勺儿，下边拴些红布穗子，随风摇摆，叮当轻响。不过，你在这店里睡不好觉。劳累了一天的挑山工和客人们睡在一张炕上。他们要整整打上一夜松涛般呼呼作响的鼾声……

在这些小石屋中间，摆着一件非常稀罕的东西。远看一人多高，颜色发黑，又圆又粗，两个人才能合抱过来。上边缀满繁密而细碎的光点，熠熠闪烁，好像一块巨型的金星石。近处一看，原来是一口特大的水缸，缸身满是裂缝，那些光点竟是数不清的连合破缝的锔子，估计总有一两千个，颇令人诧异。我问过山民，才知道，山顶没有泉眼，缺水吃，山民们用这口缸储存雨水。为什么打了这么多锔子呢？据说，三百多年前，山上住着一百多户人家。每天人们要到半山间去取水，很辛苦。一年，从这些人家中，长足了八个膀大腰圆、力气十足的小伙子。大家合计一下，在山下的泰安城里买了这口大缸。由这八个小伙子出力，整整用了七七四十九天，才把大缸抬到山顶。以后，山上人家愈来愈少，再也不能凑齐那样八个健儿，抬一口新缸来。每次缸裂了，便到山下请上来一位锔缸的工匠，锔上裂缝。天长日久，就成了这样子。

听了这故事，你就不会再抱怨山顶饭菜价钱的昂贵。山上烧饭用的煤，也是一块块挑上来的呀！

二

在泰山上，随处都可以碰到挑山工。他们肩上架一根光溜溜的扁担，两端翘起处，垂下几根绳子，拴挂着沉甸甸的物品。登山时，他们的一条胳膊搭在扁担上，另一条胳膊垂着，伴随登踏的步子有节奏地一甩一甩，以保持身体平衡。他们的路线是折尺形的——先从台阶的一端起步，斜行向上，登上七八级台阶，就到了台阶的另一端；便转过身子，反方向斜行，到一端再转回来，一曲一折向上登。每次转身，扁担都要换一次肩，这样才能使垂挂在扁担前头的东西不碰在台阶的边沿上，也为了省力。担了重物，照一般登山那样直上直下，膝头是受不住的。但路线曲折，就使路程加长。挑山工登一次山，大约多于游人们路程的一倍！

你来游山，一路上观赏着山道两旁的奇峰异石、巉岩绝壁、参天古木、飞烟流泉，心情喜悦，步子兴冲冲。可是当你走过这些肩挑重物的挑山工的身旁时，你会禁不住用一种同情的目光，注视他们一眼。你会因为自己身无负载而倍觉轻松，反过来，又为他们感到吃力和劳苦，心中生出一种负疚似的情感……而他们呢？ 默默的，不动声色，也不同游人搭话——除非向你问问时间，一步步慢吞吞地走自己的路，任你怎样嬉叫闹喊，也不会惊动他们。他们却总用一种缓慢又平均的速度向上登，很少停歇。脚底板在石阶上发出坚实有力的嚓嚓声。在他们走过之处，常常会留下零零落落的汗水的滴痕……

奇怪的是，挑山工的速度并不比你慢。你从他们身边轻快地超越过去，自觉把他们甩在后边很远。可是，你在什么地方饱览四外雄美的山色；或在道边诵读与抄录凿刻在石壁上的爬满青苔的古人的题句；或在喧闹的溪流前洗脸濯足，他们就会在你身旁慢吞吞、不声不响地走过去，悄悄地超过了你。等你发现他们走在你的前头时，会吃一惊，茫然不解，以为他们是像仙人那样腾云驾雾赶上来的。

有一次，我同几个画友去泰山写生，就遇到过这种情况。我们在山下的斗姥宫前买登山用的青竹杖时，遇到一个挑山工。矮个子，脸儿黑生生，眉毛很浓，大约四十来岁；敞开的白土布褂子中间露出鲜红的背心。他扁担一头拴着几张黄木凳子，另一头捆着五六个青皮西瓜。我们很快就越过他去。可是到了回马岭那条陡直的山道前，我们累了，舒开身子，躺在一块平平的被山风吹得干干净净的大石头上歇歇脚，这当儿，竟发现那挑山工就坐在对面的草茵上抽着烟。随后，我们差不多同时起程，很快就把他甩在身后，直到看不见。当我爬上半山的五松亭时，却见他正在那株姿态奇特的古松下整理他的挑儿。褂子脱掉，现出黑黝黝、健美的肌肉和红背心。我颇感惊异，走过去假装问道，让支烟，跟着便没话找话，和他攀谈起来。这山民倒不拘束，挺爱说话。他告诉我，他家住在山脚下，天天挑货上山。一年四季，一天一个来回。他干了近二十年。然后他说："您看俺个子小吗？干挑山工的，长年给扁担压得长不高，都是矮粗。像您这样的高个儿干不了这种活儿。走起来，晃晃悠悠哪！"

他逗趣似的一抬浓眉，咧开嘴笑了，露出皓白的牙齿。山民们喝泉水，牙齿都很白。

这么一来，谈话更随便些，我便把心中那个不解之谜说出来：

"我看你们走得很慢，怎么反而常常跑到我们前边来了呢？你们有什么近道儿吗？"

他听了，黑生生的脸上显出一丝得意之色。他吸一口烟，吐出来，好像做了一点思考，才说：

"俺们哪里有近道，还不和你们是一条道？你们是走得快，可你们在路上东看西看，玩玩闹闹，总停下来呗！俺们跟你们不一样。不能像你们在路上那么随便，高兴怎么就怎么。一步踩不实不行，停停住住更不行。那样，两天也到不了山顶。就得一个劲儿总往前走。别看俺们慢，走长了就跑到你们前边去了。瞧，是不是这个理儿？”

我笑吟吟，心悦诚服地点着头。我感到这山民的几句话里，似乎包蕴着一种意味深长的哲理，一种切实而朴素的思想。我来不及细细嚼味、做些引申，他就担起挑儿起程了。在前边的山道上，在我流连山色之时，他还是悄悄超过了我，提前到达山顶。我在极顶的小卖部门前碰见他，他正在那里交货。我们的目光相遇时，他略表相识地点头一笑，好像对我说：

“瞧，俺可又跑到你的前头来了！”

我自泰山返回家后，就画了一幅画——在陡直而似乎没有尽头的山道上，一个穿红背心的挑山工给肩头的重物压弯了腰，却一步步、不声不响、坚韧地向上登攀。多年来，这幅画一直挂在我的书桌前，不肯换掉，因为我需要它……

第四辑

四季风景

逼来的春天

那时，大地依然一派毫无松动的严冬景象，土地梆硬，树枝全抽搐着，害病似的打着冷战；雀儿们晒太阳时，羽毛奓开好像绒球，紧挤一起，彼此借着体温。你呢，面颊和耳朵边儿像要冻裂那样的疼痛……然而，你那冻得通红的鼻尖，迎着凛冽的风，忽然闻到了春天的气味！

春天最先是闻到的。

这是一种什么气味？它令你一阵惊喜，一阵激动，一下子找到了明天也找到了昨天——那充满诱惑的明天和同样季节、同样感觉却流逝难返的昨天。可是，当你用力再去吸吮这空气时，这气味竟又没了！你放眼这死气沉沉冻结的世界，准会怀疑它不过是瞬间的错觉罢了。春天还被远远隔绝在地平线之外吧。

但最先来到人间的春意，总是被雄踞大地的严冬所拒绝、所稀释、所泯灭。正因为这样，每逢这春之将至的日子，人们会格外的兴奋、敏感和好奇。

如果你有这样的机会多好——天天来到这小湖边，你就能亲眼看到冬天究竟怎样退去，春天怎样到来，大自然究竟怎样完成这一年一度起死回生的最奇妙和最伟大的过渡。

但开始时，每瞧它一眼，都会换来绝望。这小湖干脆就是整整一块巨大无比的冰，牢牢实实，坚不可摧；它一直冻到湖底了吧？鱼儿全死了吧？灰白色的冰面在阳光反射里光芒刺目；小鸟从不敢在这寒气逼人的冰面上站一站。

逢到好天气，一连多天的日晒，冰面某些地方会融化成水，别以为春天就从这里开始。忽然一夜寒飙过去，转日又冻结成冰，恢复了那严酷肃杀的景象。若是风雪交加，冰面再盖上一层厚厚雪被，春天真像天边的情人，愈期待愈迷茫。

然而，一天，湖面一处，一大片冰面竟像沉船那样陷落下去，破碎的冰片斜插水里，好像出了什么事！这除非是用重物砸开的，可什么人、又为什么要这样做呢？但除此之外，并没发现任何异常的细节。那么你从这冰面无缘无故的坍塌中是否隐隐感到了什么……刚刚从裂开的冰洞里露出的湖水，漆黑又明亮，使你想起一双因为爱你而无限深邃又默默的眼睛。

这坍塌的冰洞是个奇迹，尽管寒潮来临，水面重新结冰，但在白日阳光的照耀下又很快地融化和洞开。冬的伤口难以愈合。冬的黑子出现了。

冬天与春天的界限是瓦解。

冰的坍塌不是冬的风景，而是隐形的春所创造的第一幅壮丽的图画。

跟着，另一处湖面，冰层又坍塌下去。一个、两个、三个……随后湖面中间闪现一条长长的裂痕，不等你确认它的原因和走向，居然又发现几条粗壮的裂痕从斜刺里交叉过来。开始这些裂痕发白，渐渐变黑，这表明裂痕里已经浸进湖水。某一天，你来到湖边，会止不住惊叫起来，巨冰已经裂开！黑黑的湖水像打开两扇沉重的大门，把一分为二的巨冰推向两旁，终于袒露出自己阔大、光滑而迷人的胸膛……

这期间，你应该在岸边多待些时候。你就会发现，这漆黑而依旧冰冷的湖水泛起的涟漪，柔软又轻灵，与冬日的寒浪全然两样了。那些仍然覆盖湖面的冰层，不再光芒夺目，它们黯淡、晦涩、粗糙和发脏，表面一块块凹下去。有时，忽然“咔嚓”清脆的一响，跟着某一处，断裂的冰块应声漂移而去……尤其动人的，是那些在冰层下憋闷了长长一冬的大鱼，它们时而激情难捺，猛地蹦出水面，在阳光下银光闪烁打个“挺儿”，“哗啦”落入水中。你会深深感到，春天不是由远方来到眼前，不是由天外来到人间；它原是深藏在万物的生命之中的，它是从生命深处爆发出来的，它是生的欲望、生的能源与生的激情。它永远是死亡的背面。唯此，春天才是不可遏制的。它把酷烈的严冬作为自己的序曲，不管这序曲多么漫长。

追逐着凛冽的朔风的尾巴，总是明媚的春光；所有冻凝的冰的核儿，都是一滴春天的露珠；那封闭大地的白雪下边是什么？你挥动大帚，扫去白雪，一准是连天的醉人的绿意……

你眼前终于出现这般景象：宽展的湖面上到处浮动着大大小小的冰块。这些冬的残骸被解脱出来的湖水戏弄着，今儿推到湖这边儿，明日又推到湖那边儿。早来的候鸟常常一群群落在浮冰上，像乘载游船，欣赏着日渐稀薄的冬意。这些浮冰不会马上消失，有时还会给一场春寒冻结在一起，霸道地凌驾湖上，重温昔日威严的梦。然而，春天的湖水既自信又有耐性，有信心才有耐性。它在这浮冰四周，扬起小小的浪头，好似许许多多温和而透明的小舌头，去舔弄着这些渐软渐松渐小的冰块……最后，整个湖中只剩下一块肥皂大小的冰片片了，湖水反而不急于吞没它，而是把它托举在浪波之上，摇摇晃晃，一起一伏，展示着严冬最终的悲哀、无助和无可奈何……终于，它消失了。冬，顿时也消失于天地间。这时你会发现，湖水并不黝黑，而是湛蓝湛蓝。它和天空一样的颜色。

天空是永远宁静的湖水，湖水是永难平静的天空。

春天一旦跨到地平线这边来，大地便换了一番风景，明朗又朦胧。它日日夜夜散发着一种气息，就像青年人身体散发出的气息。清新的、充沛的、诱惑而撩人的，这是生命本身的气息。大地的肌肤——泥土，松软而柔和；树枝再不抽搐，软软地在空中自由舒展，那纤细的枝梢无风时也颤悠悠地摇动，招呼着一个万物萌芽的季节的到来。小鸟们不必再奓开羽毛，个个变得光溜精灵，在高天上扇动阳光飞翔……湖水因为春潮涨满，仿佛与天更近；静静的云，说不清在天上还是在水里……湖边，湿漉漉的泥滩上，那些东倒西歪的去年的枯苇棵里，一些鲜绿夺目、又尖又硬的苇芽，破土而出，愈看愈多，有的地方竟已簇密成片了。你真惊奇！ 在这之前，它们竟逃过你细心的留意，一旦发现即已充满咄咄的生气了！难道这是一夜春风、一阵春雨或一日春晒，便齐刷刷钻出地面？ 来得又何其神速！ 这分明预示着，大自然囚禁了整整一冬的生命，要重新开始新的一轮竞争了。而它们，这些碧绿的针尖一般的苇芽，不仅叫你看到了崭新的生命，还叫你深刻地感受到生命的锐气、坚韧、迫切，还有生命和春的必然。

苦　夏

这一日，终于撂下扇子。来自天上干燥清爽的风，忽吹得我衣飞举，并从袖口和裤管钻进来，把周身滑溜溜地抚动。我惊讶地看着阳光下依旧夺目的风景，不明白数日前那个酷烈非常的夏天突然到哪里去了。

是我逃遁似的一步跳出了夏天，还是它在一夜之间崩溃？

身居北方的人最大的福分，便是能感受到大自然的四季分明。我特别能理解一位新加坡朋友，每年冬天要到中国北方住上十天半个月，否则会一年里周身不适。好像不经过一次冷处理，他的身体就会发酵。他生在新加坡，祖籍中国河北；虽然人在“终年都是夏”的新加坡长大，血液里肯定还执着地潜在着大自然四季的节奏。

四季是来自宇宙的最大的拍节。在每一个拍节里，大地的景观便全然变换与更新。四季还赋予地球以诗，故而悟性极强的中国人，在四言绝句中确立的法则是：起，承，转，合。这四个字恰恰就是四季的本质。起始如春，承续似夏，转变若秋，合拢为冬。合在一起，不正是地球生命完整的一轮？为此，天地间一切生命全都依从着这一拍节，无论岁岁枯荣与生死的花草百虫，还是长命百岁的漫漫人生。然而在这生命的四季里，最壮美和最热烈的不是这长长的夏吗？

女人们孩提时的记忆散布在四季；男人们的童年往事大多是在夏天里。这由于，我们儿时的伴侣总是各种各样的昆虫。蜻蜓、天牛、蚂蚱、螳螂、蝴蝶、蝉、蚂蚁、蚯蚓，此外还有青蛙和鱼儿。它们都是夏日生活的主角；每种昆虫都给我们带来无穷的快乐。甚至我对家人和朋友们记忆最深刻的细节，也都与昆虫有关。比如妹妹一见到壁虎就发出一种特别恐怖的尖叫，比如邻家那个斜眼的男孩子专门残害蜻蜓，比如同班一个最好看的女生头上花形的发卡，总招来蝴蝶落在上边；再比如，父亲睡在铺了凉席的地板上，夜里翻身居然压死了一只蝎子。这不可思议的事使我感到父亲的无比强大。后来因为一些事，父亲那种强大感便不复存在。生活中的一切事物，包括夏天的意味全都发生了变化。

在快乐的童年里，根本不会感到蒸笼般夏天的难耐与难熬。唯有在此后艰难的人生里，才体会到苦夏的滋味。快乐把时光缩短，苦难把岁月拉长，一如这长长的仿佛没有尽头的苦夏。但我至今不喜欢谈自己往日的苦楚与磨砺。相反，我却从中领悟到“苦”字的分量。苦，原是生活中的蜜。人生的一切收获都压在这沉甸甸的苦字的下边。然而一半的苦字下边又是一无所有。你用尽平生的力气，最终所获与初始时的愿望竟然去之千里。你该怎么想？

于是我懂得了这苦夏——它不是无尽头的暑热的折磨，而是我们顶着毒日头默默又坚忍的苦斗的本身。人生的力量全是对手给的，那就是要把对手的压力吸入自己的骨头里。强者之力最主要的是承受力。只有在匪夷所思的承受中才会感到自己属于强者，也许为此，我的写作一大半是在夏季。很多作家包括普希金不都是在爽朗而惬意的秋天里开花结果？我却每每进入炎热的夏季，反而写作力加倍地旺盛。我想，这一定是那些沉重的人生的苦夏，锻造出我这个反常的性格习惯。我太熟悉那种写作久了，汗湿的胳膊粘在书桌玻璃上的美妙无比的感觉。

在维瓦尔第的《四季》中，我常常只听“夏”的一章。

它使我激动，胜过春之蓬发、秋之灿烂、冬之静穆。友人说“夏”的一章，极尽华丽之美。我说我从中感受到的，却是夏的苦涩与艰辛，甚至还有一点儿悲壮。友人说，我在这音乐情境里已经放进去太多自己的故事。我点点头，并告诉他我的音乐体验。音乐的最高境界是超越听觉；不只是它给你，更是你给它。

年年夏日，我都会这样体验一次夏的意义，从而激情迸发，心境昂然。一手撑着滚烫的酷暑，一手写下许多文字来。

今年我还发现，这伏夏不是被秋风吹去的，更不是给我们的扇子轰走的——

夏天是被它自己融化掉的。

因为，夏天的最后一刻，总是它酷热的极致。我明白了，它是耗尽自己的一切，才显示出夏的无边的威力。生命的快乐是能量淋漓尽致地发挥。但谁能像它这样，用一种自焚的形式，创造出这火一样辉煌的顶点？

于是，我充满了夏之崇拜！我要一连跨过眼前的辽阔的秋，悠长的冬和遥远的春，再一次邂逅你，我精神的无上境界——苦夏！

秋天的音乐

你每次上路出远门千万别忘记带上音乐，只要耳朵里有音乐，你一路上对景物的感受就全然变了。它不再是远远待在那里、无动于衷的样子，在音乐撩拨你心灵的同时，也把窗外的景物调弄得易感而动情。你被种种旋律和音响唤起的丰富的内心情绪，这些景物也全部神会地感应到了，它还随着你的情绪奇妙地进行自我再造。你振作它雄浑，你宁静它温存，你伤感它忧患，也许同时还给你加上一点人生甜蜜的慰藉，这是真正知友心神相融的交谈……河湾、山脚、烟光、云影、一草一木，所有细节都浓浓浸透你随同音乐而流动的情感，甚至它一切都在为你变形，一幅幅不断变换地呈现出你心灵深处的画面。它使你一下子看到了久藏心底那些不具体、不成形、朦胧模糊或被时间湮没了的感受，于是你更深深坠入被感动的旋涡里，享受这画面、音乐和自己灵魂三者融为一体的特殊感受……

秋天十月，我松松垮垮套上一件粗线毛衣，背个大挎包，去往东北最北部的大兴安岭。赶往火车站的路上，忽然发觉只带了录音机，却把音乐磁带忘记在家，恰巧路过一个朋友的住处，他是音乐迷，便跑进去向他借。他给我一盘说是新翻录的，都是“背景音乐”。我问他这是什么曲子，他怔了怔，看我一眼说：

“秋天的音乐。”

他多半随意一说，搪塞我。这曲名，也许是他看到我被秋风吹得松散飘扬的头发，灵机一动得来的。

火车一出山海关，我便戴上耳机听起这秋天的音乐。开端的旋律似乎熟悉，没等我怀疑它是不是真正地描述秋天，下巴发懒地一蹭粗软的毛衣领口；两只手搓一搓，让干燥的凉手背给湿润的热手心舒服地摩擦摩擦，整个身心就进入秋天才有的一种异样温暖甜醉的感受里了。

我把脸颊贴在窗玻璃上，挺凉，带着享受的渴望往车窗外望去，秋天的大自然展开一片辉煌灿烂的景象。阳光像钢琴明亮的音色洒在这收割过的田野上，整个大地像生过婴儿的母亲，幸福地舒展在开阔的晴空下，躺着，丰满而柔韧的躯体！从麦茬里裸露出浓厚的红褐色是大地母亲健壮的肤色；所有树林都在炎夏的竞争中把自己的精力膨胀到头，此刻自在自如地伸展它优美的枝条；所有金色的叶子都是它的果实，一任秋风翻动，煌煌夸耀着秋天的富有。真正的富有感，是属于创造者的；真正的创造者，才有这种潇洒而悠然的风度……一只鸟儿随着一个轻扬的小提琴旋律腾空飞起，它把我引向无穷纯净的天空。任何情绪一入天空便化作一片博大的安寂。这愈看愈大的天空有如伟大哲人恢宏的头颅，白云是他的思想。有时风云交会，会闪出一道智慧的灵光，响起一句警示世人的哲理。此时，哲人也累了，沉浸在秋天的松弛里。它高远，平和，神秘无限。大大小小、松松散散的云彩是他思想的片断，而片断才是最美的，无论思想还是情感……这千形万状精美的片断伴同空灵的音响，在我眼前流过，还在阳光里洁白耀眼。那乘着小提琴旋律的鸟儿一直钻向云天，愈高愈小，最后变成一个极小的黑点儿，忽然“噗”地扎入一个巨大、蓬松、发亮的云团……

我陡然想起一句话：

“我一扑向你，就感到无限温柔啊。”

我还想起我的一句话：

“我睡在你的梦里。”

那是一个清明的早晨，在实实在在酣睡一夜醒来时，正好看见枕旁你朦胧的、散发着香气的脸说的。你笑了，就像荷塘里、雨里、雾里悄然张开的一朵淡淡的花。

接下去的温情和弦，带来一片疏淡的田园风景。秋天消解了大地的绿，用它中性的调子，把一切色泽调匀。和谐又高贵，平稳又舒畅，只有收获过了的秋天才能这样静谧安详。几座闪闪发光的麦秸垛，一缕银蓝色半透明的炊烟，这儿一棵那儿一棵怡然自得站在平原上的树，这儿一只那儿一只慢吞吞吃草的杂色的牛。在弦乐的烘托中，我心底渐渐浮起一张又静又美的脸。我曾经用吻，像画家用笔那样勾勒过这张脸：轮廓、眉毛、眼睛、嘴唇……这样的勾画异常奇妙，无形却深刻地记住。你嘴角的小涡、颤动的睫毛、鼓脑门和尖俏下巴上那极小而光洁的平面……近景从眼前疾掠而过，远景跟着我缓缓向前，大地像唱片慢慢旋转，耳朵里不绝地响着这曲人间牧歌。

一株垂死的老树一点点走进这巨大唱片的中间来。它的根像唱针，在大自然深处划出一支忧伤的曲调。心中的光线和风景的光线一同转暗，即使一湾河水强烈的反光，也清冷，也刺目，也凄凉。一切阴影都化为行将垂暮秋天的愁绪；萧疏的万物失去往日共荣的激情，各自挽着生命的孤单；篱笆后一朵迟开的小葵花，像你告别时在人群中伸出的最后一次招手，跟着被轰隆隆前奔的列车甩到后边……春的萌动、战栗、骚乱，夏的喧闹、蓬勃、繁华，全都销匿而去，无可挽回。不管它曾经怎样辉煌，怎样骄傲，怎样光芒四射，怎样自豪地挥霍自己的精力与才华，毕竟过往不复。人生是一次性的；生命以时间为载体，这就决定人类以死亡为结局的必然悲剧。谁能把昨天和前天追回来，哪怕再经受一次痛苦的诀别也是幸福，还有那做过许多傻事的童年，年轻的母亲和初恋的梦，都与这老了的秋天去之遥远了。一种浓重的忧伤混同音乐漫无边际地散开，渲染着满目风光。我忽然想喊，想叫这列车停住，倒回去！

突然，一条大道纵向冲出去，黄昏中它闪闪发光，如同一支号角嘹亮吹响，声音唤来一大片拔地而起的森林，像一支金灿灿的铜管乐队，奏着庄严的乐曲走进视野。来不及分清这是音乐还是画面变换的缘故，心境陡然一变，刚刚的忧愁一扫而光。当浓林深处一棵棵依然葱绿的幼树晃过，我忽然醒悟，秋天的凋谢全是假象！

它不过在寒飙来临之前把生命掩藏起来，把绿意埋在地下，在冬日的雪被下积蓄与浓缩，等待下一个春天里，再一次加倍地挥洒与铺张！远远山坡上，坟茔，在夕照里像一堆火，神奇又神秘，它那里是埋葬的一具尸体或一个孤魂？既然每个生命都在创造了另一个生命后离去，什么叫作死亡？死亡，不仅仅是一种生命的转换，旋律的变化，画面的更迭吗？那么世间还有什么比死亡更庄严、更神圣、更迷人！为了再生而奉献自己的伟大的死亡啊……

秋天的音乐已如圣殿的声音；这壮美崇高的轰响，把我全部身心都裹住、都净化了。我惊奇地感觉自己像玻璃一样透明。

这时，忽见对面坐着两位老人，正在亲密交谈。残阳把他们俩的脸晒得好红，条条皱纹都像画上去的那么清楚。人生的秋天！他们把自己的青春年华、所有精力为这世界付出，连同头发里的色素也将耗尽，那满头银丝不是人间最值得珍惜的吗？我瞧着他们俩相互凑近、轻轻谈话的样子，不觉生出满心的爱来，真想对他们俩说些美好的话。我摘下耳机，未及开口，却听他们正议论关于单位里上级和下级的事，哪个连着哪个，哪个与哪个明争暗斗，哪个可靠和哪个更不可靠，哪个是后患而必须……我惊呆了，以致再不能听下去，赶快重新戴上耳机，打开音乐，再听，再放眼窗外的景物。奇怪！这一次，秋天的音乐，那些感觉，全没了。

“艺术原本是欺骗人生的。”

在我返回家，把这盘录音带送还给我那朋友时，把这话告诉他。

他不知道我为何得到这样的结论，我也不知道他为何对我说：

“艺术其实是安慰人生的。”

冬日絮语

每每到了冬日，才能实实在在触摸到岁月。年是冬日中间的分界。有了这分界，便在年前感到岁月一天天变短，直到残剩无多！过了年忽然又有大把的日子，成了时光的富翁，一下子真的大有可为了。

岁月是用时光来计算的。那么时光又在哪里？在钟表上，日历上，还是行走在窗前的阳光里？

窗子是房屋最迷人的镜框。节候变换着镜框里的风景。冬意最浓的那些天，屋里的热气和窗外的阳光一起努力，将冻结在玻璃上的冰雪融化；它总是先从中间化开，向四边蔓延。透过这美妙的冰洞，我发现原来严冬的世界才是最明亮的。那一如人的青春的盛夏，总有荫影遮翳，葱茏却幽暗。

小树林又何曾有这般光明？我忽然对老人这个概念生了敬意。只有阅尽人生，脱净了生命年华的叶子，才会有眼前这小树林一般明彻。只有这彻底的通彻，才能有此无边的安宁。安宁不是安寐，而是一种博大而丰实的自享。世中唯有创造者所拥有的自享才是人生真正的幸福。

朋友送来一盆“香棒”，放在我的窗台上说：“看吧，多漂亮的大叶子！”

这叶子像一只只绿色光亮的大手，伸出来，叫人欣赏。逆光中，它的叶筋舒展着舒畅又潇洒的线条。一种奇特的感觉出现了！严寒占据窗外，丰腴的春天却在我的房中怡然自得。

自从有了这盆“香棒”，我才发现我的书房竟有如此灿烂的阳光。它照进并充满每一片叶子和每一根叶梗，把它们变得像碧玉一样纯净、通亮、圣洁。我还看见绿色的汁液在通明的叶子里流动。这汁液就是血液。人的血液是鲜红的，植物的血液是碧绿的，心灵的血液是透明的，因为世界的纯洁来自心灵的透明。但是为什么我们每个人都说自己纯洁，而整个世界仍旧一片混沌呢？

我还发现，这光亮的叶子并不是为了表示自己的存在，而是为了证实阳光的明媚、阳光的魅力、阳光的神奇。任何事物都同时证实着另一个事物的存在。伟大的出现说明庸人的无所不在；分离愈远的情人，愈显示了他们的心丝毫没有分离；小人的恶言恶语不恰好表达你的高不可攀和无法企及吗？而骗子无法从你身上骗走的，正是你那无比珍贵的单纯。老人的生命愈来愈短，还是他生命的道路愈来愈长？生命的计量，在于它的长度，还是宽度与深度？

冬日里，太阳环绕地球的轨道变得又斜又低。夏天里，阳光的双足最多只是站在我的窗台上，现在却长驱直入，直射在我北面的墙壁上。一尊唐代的木佛一直伫立在阴影里沉思，此刻迎着一束光芒无声地微笑了。

阳光还要充满我的世界，它化为闪闪烁烁的光雾，朝着四周的阴暗的地方浸染。阴影又执着又调皮，阳光照到哪里，它就立刻躲到光的背后。而愈是幽暗的地方，愈能看见被阳光照得晶晶发光的游动的尘埃。这令我十分迷惑：黑暗与光明的界限究竟在哪里？黑夜与晨曦的界限呢？来自早醒的鸟第一声的啼叫吗……这叫声由于被晨露滋润而异样地清亮。

但是，有一种光可以透入幽闭的暗处，那便是从音箱里散发出来的闪光的琴音。鲁宾斯坦的手不是在弹琴，而是在摸索你的心灵；他还用手思索，用手感应，用手触动色彩，用手试探生命世界最敏感的悟性……琴音是不同的亮色，它们像明明灭灭、强强弱弱的光束，散布在空间！那些旋律片段好似一些金色的鸟，扇着翅膀，飞进布满阴影的地方。有时，它会在一阵轰响里，关闭了整个地球上的灯或者创造出一个辉煌夺目的太阳。我便在一张寄给远方的失意朋友的新年贺卡上，写了一句话：

你想得到的一切安慰都在音乐里。

冬日里最令人莫解的还是天空。

盛夏里，有时乌云四合，那即将被峥嵘的云吞没的最后一块蓝天，好似天空的一个洞，无穷地深远。而现在整个天空全成了这样，在你头顶上无边无际地展开！空阔、高远、清澈、庄严！除去少有的飘雪的日子，大多数时间连一点点云丝也没有，鸟儿也不敢飞上去，这不仅由于它冷冽寥廓，而且因为它大得……大得叫你一仰起头就感到自己的渺小。只有在夜间，寒空中才有星星闪烁。这星星是宇宙间点灯的驿站。万古以来，是谁不停歇地从一个驿站奔向下一个驿站？为谁送信？为了宇宙间那一桩永恒的爱吗？

我注视着冬天在大地上的脚步，看看它究竟怎样一步步、沿着哪个方向一直走到春天？

黄山绝壁松

黄山以石奇云奇松奇名天下。然而登上黄山，给我以震动的是黄山松。

黄山之松布满黄山。由深深的山谷至大大小小的山顶，无处无松。可是我说的松只是山上的松。

山上有名气的松树颇多。如迎客松、望客松、黑虎松、连理松等等，都是游客们争相拍照的对象。但我说的不是这些名松，而是那些生在极顶和绝壁上不知名的野松。

黄山全是石峰。裸露的巨石侧立千仞，光秃秃没有土壤，尤其那些极高的地方，天寒风疾，草木不生，苍鹰也不去那里，一棵棵松树却破石而出，伸展着优美而碧绿的长臂，显示其独具的气质。世人赞叹它们独绝的姿容，很少去想在终年的烈日下或寒飙中，它们是怎样存活和生长的。

一位本地人告诉我，这些生长在石缝里的松树，根部能够分泌一种酸性的物质，腐蚀石头的表面，使其化为养分被自己吸收。为了从石头里寻觅生机，也为了牢牢抓住绝壁，以抵抗不期而至的狂风的撕扯与摧折，它们的根日日夜夜与石头搏斗着，最终不可思议地穿入坚如钢铁的石体。细心便能看到，这些松根在生长和壮大时常常把石头从中挣裂！还有什么树木有如此顽强的生命力？

我在迎客松后边的山崖上仰望一处绝壁，看到一条长长的石缝里生着一株幼小的松树。它高不及一米，却旺盛而又有活力。显然曾有一颗松子飞落到这里，在这冰冷的石缝间，什么养料也没有，它却奇迹般生根发芽，生长起来。如此幼小的树也能这般顽强？这力量是来自物种本身，还是在一代代松树坎坷的命运中磨砺出来的？我想，一定是后者。我发现，山上之松与山下之松绝不一样。那些密密实实拥挤在温暖的山谷中的松树，干直枝肥，针叶鲜碧，慵懒而富态；而这些山顶上的绝壁松是枝干瘦硬，树叶黑绿，矫健又强悍。这绝壁之松是被恶劣与凶险的环境强化出来的。它虬劲和富于弹性的树干，是长期与风雨搏斗的结果；它远远地伸出的枝叶是为了更多地吸取阳光……这一代代艰辛的生存记忆，已经化为一种个性的基因，潜入绝壁松的骨头里。为此，它们才有着如此非凡的性格与精神。

它们站立在所有人迹罕至的地方。那些荒峰野岭的极顶，那些下临万丈的悬崖峭壁，那些凶险莫测的绝境，常常可以看到三两棵甚至只有一棵孤松，十分夺目地立在那里。它们彼此姿态各异，也神情各异，或英武，或肃穆，或孤傲，或寂寞。远远望着它们，会心生敬意；但它们——只有站在这些高不可攀的地方，才能真正看到天地的浩荡与博大。

于是，在大雪纷飞中，在夕阳残照里，在风狂雨骤间，在云烟明灭时，这些绝壁松都像一个个活着的人：像站立在船头镇定又从容地与激浪搏斗的艄公，战场上永不倒下的英雄，沉静的思想者，超逸又具风骨的文人……在一片光亮晴空的映衬下，它们的身影就如同用浓墨画上去的一样。

但是，别以为它们全像画中的松树那么漂亮。有的枝干被飓风吹折，暴露着断枝残干，但另一些枝叶仍很苍郁；有的被酷热与冰寒打败，只剩下赤裸的枯骸，却依旧尊严地挺立在绝壁之上。于是，一个强者应当有的品质——刚强、坚韧、适应、忍耐、奋取与自信，它全都具备。

现在可以说了，在黄山这些名绝天下的奇石奇云奇松中，石是山的体魄，云是山的情感，而松——绝壁之松是黄山的灵魂。

维也纳春天的三个画面

你一听到青春少女这几个字，是不是立刻想到纯洁、美丽、天真和朝气？如果是这样你就错了！你对青春的印象只是一种未做深入体验的大略的概念而已。青春，它是包含着不同阶段的异常丰富的生命过程。一个女孩子的十四岁、十六岁、十八岁——无论她外在的给人的感觉，还是内在的自我感觉，都绝不相同。就像春天，它的三月、四月和五月是完全不同的三个画面。你能从自己对春天的记忆里找出三个画面吗？

我有这三个画面。它不是来自我的故乡故土，而是在遥远的维也纳三次旅行中的画面定格，它们可绝非一般！在这个用音乐来召唤和描述春天的城市里，春天来得特别充分、特别细致、特别蓬勃，甚至特别震撼。我先说五月，再说三月，最后说四月，它们各有一次叫我的心灵感到过震动，并留下一个永远具有震撼力的画面。

五月的维也纳，到处花团锦簇，春意正浓。我到城市远郊的山顶上游玩，当晚被山上热情的朋友留下，住在一间简朴的乡村木屋里，窗子也是厚厚的木板。睡觉前我故意不关严窗子，好闻到外边森林的气味，这样一整夜就像睡在大森林里。转天醒来时，屋内竟大亮，谁打开的窗子？正诧异着，忽见窗前一束艳红艳红的玫瑰。谁放在那里的？走过去一看，呀，我怔住了，原来夜间窗外新生的一枝缀满花朵的红玫瑰，趁我熟睡时，一点点将窗子顶开，伸进屋来！它沾满露水，喷溢浓香，光彩照人；它怕吵醒我，竟然悄无声息地又如此辉煌地进来了！你说，世界上还有哪一个春天的画面更能如此震动人心？

那么，三月的维也纳呢？

这季节的维也纳一片空濛。阳光还没有除净残雪，绿色显得分外吝啬。我在多瑙河边散步，从河口那边吹来的凉滋滋的风，偶尔会感到一点春的气息。此时的季节，就凭着这些许的春的泄露，给人以无限期望。我无意中扭头一瞥，看见了一个无论多么富于想象力的人也难以想象得出的画面——

几个姑娘站在岸边，她们正在一齐向着河口那边伸长脖颈，眯缝着眼，噘着芬芳的小嘴，亲吻着从河面上吹来的捎来春天的风！她们做得那么投入、倾心、陶醉、神圣，风把她们的头发、围巾和长长衣裙吹向斜后方，波浪似的飘动着，远看就像一件伟大的雕塑。这简直就是那些为人们带来春天的仙女们啊！谁能想到用心灵的吻去迎接春天？你说，还有哪个春天的画面，比这更迷人、更诗意、更浪漫、更震撼？

我心中的画廊里，已经挂着维也纳三月和五月两幅春天的图画。这次恰好在四月里再次访维也纳，我暗下决心，无论如何也要找到属于四月这季节的同样强烈动人的春天杰作。

开头几天，四月的维也纳真令我失望。此时的春天似乎只是绿色连着绿色。大片大片的草地上，没有五月那无所不在的明媚的小花。没有花的绿地是寂寞的。我对驾着车一同外出的留学生小吕说：

“四月的维也纳可真乏味！绿色到处泛滥，见不到花儿，下次再来非躲开四月不可！”

小吕听了，就把车子停住，叫我下车，把我领到路边一片非常开阔的草地上，然后让我蹲下来扒开草好好看看。我用手拨开草一看，大吃一惊：原来青草下边藏了满满一层花儿，白的、黄的、紫的，纯洁、娇小、鲜亮，这么多、这么密、这么辽阔！它们比青草只矮几厘米，躲在草下边，好像只要一努劲，就会齐刷刷地全冒出来……

“得要多少天才能冒出来？”我问。

“也许过几天，也许就在明天。”小吕笑道，“四月的维也纳可说不准，一天换一个样儿。”

可是，当夜冷风冷雨，接连几天时下时停，太阳一直没露面儿。我很快就要离开这里去意大利了，便对小吕说：

“这次看不到草地上那些花儿了，真有点遗憾呢，我想它们刚冒出来时肯定很壮观。”

小吕驾着车没说话，大概也有些怏怏然吧。外边毛毛雨点把车窗遮得像拉了一道纱帘。可车子开出去十几分钟，小吕忽对我说：“你看窗外——”隔过雨窗，看不清外边，但窗外的颜色明显地变了：白色、黄色、紫色，在窗上流动。小吕停了车，手伸过来，一推我这边的车门，未等我弄明白是怎么回事，便说：

“去看吧——你的花！”

迎着细密地、凉凉地吹在我脸上的雨点，我看到的竟是一片花的原野。这正是前几天那片千千万万朵花儿藏身的草地，此刻一下子全冒出来，顿时改天换地，整个世界铺满全新的色彩。虽然远处大片大片的花已经与蒙蒙细雨融在一起，低头却能清晰看到每一朵小花，在冷雨中都像英雄那样傲然挺立，明亮夺目，神气十足。我惊奇地想：它们为什么不是在温暖的阳光下冒出来，偏偏在冷风冷雨中拔地而起？小小的花居然有此气魄！四月的维也纳忽然叫我明白了生命的意味是什么？是——勇气！

这两个普通又非凡的字眼，又一次叫我怦然感到心头一震。这一震，便使眼前的景象定格，成为四月春天独有的壮丽的图画，并终于被我找到了。

拥有了这三幅画面，我自信拥有了春天，也懂得了春天。

图书在版编目（CIP）数据

献你一束花：冯骥才作品精选 / 冯骥才著 . 武汉：长江少年儿童出版社，2024. 11. —（课文作家经典作品系列）. — ISBN 978-7-5721-5740-0

Ⅰ. I267

中国国家版本馆 CIP 数据核字第 2024F2L576 号

课文作家经典作品系列 · 献你一束花——冯骥才作品精选

KEWEN ZUOJIA JINGDIAN ZUOPIN XILIE · XIAN NI YI SHU HUA —— FENGJICAI ZUOPIN JINGXUAN

冯骥才　著

出 品 人：何　龙
策　　划：姚　磊　胡同印
项目统筹：吴炫凝　汤　纯
责任编辑：刘　瑛
实习编辑：王　惠
整体设计：陈　奇
出版发行：长江少年儿童出版社
邮政编码：430070
网　　址：http：//www.cjcpg.com
承 印 厂：湖北恒泰印务有限公司
经　　销：新华书店湖北发行所
开　　本：720 毫米 × 970 毫米　1/16
印　　张：7.75
字　　数：80 千字
版　　次：2024 年 11 月第 1 版
印　　次：2024 年 11 月第 1 次印刷
书　　号：ISBN 978-7-5721-5740-0
定　　价：28.00 元

封面插图：翟艺琳
内文插图：视觉中国
排版制作：方　莹
责任校对：邓晓素
责任印制：邱　刚　雷　恒